GW00722414

colección **la otra orilla**

Cambio de armas

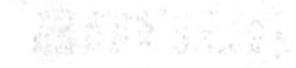

Luisa Valenzuela

Cambio de armas

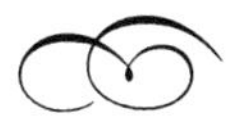

Buenos Aires, Bogotá, Barcelona, Caracas, Guatemala,
Lima, México, Miami, Panamá, Quito, San José, San Juan,
Santiago de Chile, Santo Domingo

www.norma.com

Valenzuela, Luisa
Cambio de armas - 1ª ed. - Buenos Aires:
Grupo Editorial Norma, 2004.
200 p.; 21 x 14 cm. - (La otra orilla)
ISBN 987-545-179-7

1. Narrativa Argentina I. Título
CDD A863

Grupo Editorial Norma
San José 831 (C1076AAQ) Buenos Aires
República Argentina
Empresa adherida a la Cámara Argentina de Publicaciones
Diseño de tapa: Ariana Jenik y Eduardo Rey
Ilustración de tapa: *Auxilio, exilio.* Acrílico sobre tela.
Carlos Alonso (Gentileza Ro Galería de Arte)

Impreso en la Argentina
Printed in Argentina

Primera edición: junio de 2004

CC: 22095
ISBN: 987-545-179-7

Hecho el depósito que marca la ley 11.723
Libro de edición argentina

Índice

Cuarta versión

I

Hay cantidad de páginas escritas, una historia que nunca puede ser narrada por demasiado real, asfixiante. Agobiadora. Leo y releo estas páginas sueltas y a veces el azar reconstruye el orden. Me topo con múltiples principios. Los estudio, descarto y recupero y trato de ubicarlos en el sitio adecuado en un furioso intento de rearmar el rompecabezas. De estampar en alguna parte la memoria congelada de los hechos para que esta cadena de acontecimientos no se olvide ni repita. Quiero a toda costa reconstruir la historia ¿de quién, de quiénes? De seres que ya no son más ellos mismos, que han pasado a otras instancias de sus vidas.

Momentos de realidad que de alguna forma yo también he vivido y por eso mismo también a mí me asfixian, ahogada como me encuentro ahora en este mar de papeles y de falsas identificaciones. Hermanada sobre todo con el tío Ramón, que no existe. Uno de los tantos principios –¿en falso?– dice así:

Señoras y señores, he aquí una historia que no llega a hacer historia, es pelea por los cuatro costados y se derrama con uñas y con dientes. Yo soy Bella, soy ella, alguien que ni cara tiene porque ¿qué puede saber una del propio rostro? Un vistazo fugaz ante el espejo, un mirarse y des-reconocerse, un tratar de navegar todas las aguas en busca de una misma cosa que no significa en absoluto encontrarse en los reflejos. Los naufragios. El preguntarse a cada pasito la estúpida pregunta de siempre ¿Dónde estamos? dónde mejor dicho estaremos consolidando nuestra humilde intersección de tiempo y espacio que en definitiva es lo poco o lo mucho que tenemos, lo que constituye nuestra presencia en ésta. Esta vida, se entiende, este transcurrir que nos conmueve y moviliza.

El constante cambio para saberse viva. Y ésta que soy en tercera instancia se (me) sobreimprime a la crónica con una protagonista que tiene por nombre Bella (pronúnciese Bel/la) y tiene además una narradora anónima que por momentos se identifica con la protagonista y con quien yo, a mi vez, me identifico.

Hay un punto donde los caminos se cruzan y una pasa a ser personaje de ficción o todo lo contrario, el personaje de ficción anida en nosotros y mucho de lo que expresamos o actuamos forma parte de la estructura narrativa, de un texto que vamos escribiendo con el cuerpo como una invitación. Por una invitación, que llega.

Bella, la aguerrida y bastante bella aunque muchas veces aclaró Bel/la, sobrina nieta de Lugosi. Bella, la sólida, la enterita en apariencias, en su casa esperando sin saber muy bien qué, quizás algún viejo y olvidado retorno, algún afecto perdido en el camino, quizá. Bella la actriz representando su propio papel de espera. Limándose las uñas.

Limándose las uñas cuando sonó el timbre y Bella de un salto se abalanzó a la puerta y se sintió defraudada al encontrarse cara a cara con un simple mensajero. De tanto andar distraída por ciertos andurriales de la mente no pudo darse cuenta de que en realidad se trataba de lo otro, de un Mensajero con mayúscula, de esos que rara vez se apersonan en la vida.

Los Mensajeros suelen usar los más inusitados disfraces y éste vestía el simple uniforme gris de un mensajero, no podía haberse caracterizado de manera más despistadora.

Y fue de este mensajero en apariencia anodina que Bella recibió en propia mano la entonces aparentemente anodina invitación: un sobre con escudo dorado en la solapa conteniendo cordial convite a una recepción en su embajada favorita para saludar al nuevo embajador

–No sé si favorita la embajada, favorito ese país tan lleno de misterios. Y parece que la embajada también llena de misterios bajo el más prosaico nombre de asilados políticos. Ojalá sea cierto –le explicó Bella a su espejo en una de esas grandes representaciones que solía ofrecerse a sí misma, quizá para ensayar o quizá para verse por una vez libre de público.

Bella es alguien que le habla al espejo porque la otra alternativa sería mirarse, y mirarse exige muchas concesiones.

Mejor espejo amigo con el cual se dialoga que espejo amante sólo para encontrarse.

Y con renovados bríos Bella completó la limada de uñas que había sido interrumpida por el timbre. Y si alguien más adelante insinuara la sospecha de que se las había estado afilando, Bella sabría responderle:

–Nada de afilarme nada. O al menos por fuera. Yo me afilo por dentro, me relamo, me esponjo las plumas interiores (a veces). Por fuera sólo soy la que soy con ligeras variantes y con las menores asperezas posibles. No tengo por qué afilarme de manera alguna. He dicho.

II

Ha dicho, dijo y dirá, claro, pero tuvo que contradecirse y negarse a sí misma muchas veces y volverse a aceptar y negarse de nuevo y de nuevo contradecirse, desdecirse, hasta poder recuperar el tiempo lineal en el cual los recuerdos y las interferencias no se circunvalan, no se espiralan alrededor de una hasta hacer del tiempo sólo un gran ahogo.

Tiempo lineal del conectarse con el mundo, del aquí y ahora prácticos que la llevaban por las calles para cumplir menesteres tales como pagar las cuentas –del teléfono, del gas o de la luz, se entiende, nada de pagar las otras cuentas que pertenecen a los tiempos envolventes. Abstractas cuentas impagables que configuran la culpa.

Entonces ya prolija, todo en orden, con la correspondencia al día, las cartas sobre la mesa, las expectativas y las esperas olvidadas. Lista para encaminarse hacia otros mundos a la hora crepuscular del viernes. Preparada para ir a la fiesta, dueña ya de sus actos –el primero y el segundo acto, al menos. Actriz después de todo ¿no? sólo una actriz, nada más y apenas alguien que simula un poco de sufrimiento y sufre. Alguien que puede olvidar el sufrimiento cuando se dispone a ir a una fiesta.

Delicadamente vestida de asombro con superpuestas prendas de colores vivos y toda la parafernalia necesaria para que no la confundan con aquellas que se disfrazan de cóctel para ir a un ídem –señoras bienintencionadas que pululan por estas latitudes. Porque señora no es justamente el vocablo para definirla: Bella sobrenada en medio de su treintena pero con tan gracioso movimiento de brazo que parece una muchacha. Y habría que tener en cuenta su leonina cabellera y sus ojos que, bueno, los rasgos de Bella se irán delineando con el correr de las admiraciones. De todos modos, ni tan bella como indicaría su nombre ni tan ¿sofisticada? Aunque a veces algo de eso hay, sobre todo cuando juega su papel o simplemente cuando opta por mostrarse:

–Mi papel es estar viva.

Despierta, alerta Bella con los ojos de miel desmesuradamente abiertos –señal de que pocas son las cosas que escapan a su vista– ojos ayudados por el kohol, centelleantes. Se pintó con esmero para ir a la fiesta, salió de su casa en puntas de pie para no pisar en falso, no se dijo ¡cuidado! al cruzar el camión que llevaba escrito en la retaguardia *La mujer es como el indio, se pinta cuando quiere guerra.*

Premonitoria advertencia. A la que Bella prestó muy grandes ojos pero muy poco oído. Y eso que sabía, que bien consciente estaba de la diferencia entre no hacerle caso al qué dirán y desoír porque sí lo que le andan diciendo. Desoír sobre todo las señales emitidas por aquellos Mensajeros que no tienen voz propia. Camiones, verbigracia. Mensajeros que suelen señalar como al descuido el momento de entrar en el mal paso.

Aquella nochecita de viernes con la primera estrella, Bella, pobre, andaba distraída y predispuesta, y con la invitación como salvoconducto atravesó la barricada de guardianes armados que rodeaba y protegía (?) la residencia del embajador. Alguna metralleta la apuntó como al descuido, dándole pasto para reflexiones ácidas. Todo mientras atravesaba el jardín del frente hasta la entrada de la mansión donde el flamante embajador la esperaba con la mano extendida. Joven, el hombre, para sorpresa de Bella, y completito con su barba cuidada y su señora a babor.

Fue un saludo protocolar y breve como corresponde y Bella se vio libre para atravesar salones hasta alcanzar, más allá de entorchados y de escotes fulgurosos, el jardín del fondo donde como era previsible se encontró con un grupo de amigos.

Estaba Celia que no podía faltar en su calidad de periodista política, estaba Aldo, gloria de la plástica nacional y claro también estaba Mara que no le perdía pisada a Aldo. Estaban otros, algunos faltaban. Hola, se dijeron alegrándose de verse. Volver a verse era un alivio, en esas circunstancias, y también se dijeron, La situación está peor que nunca, aparecieron otros 15 cadáveres flotando en el río, redoblaron las persecuciones. Y alguien le sopló al oído: Navoni pasó a la clandestinidad. Olvidate de su nombre, borralo de tu libreta de direcciones.

Y a mí qué me contás, hubiera querido preguntar Bella, qué tengo que ver yo con la política, estamos en una fiesta, vos siempre tan tremendista, queriendo acaparar la atención, jugando a la Rosa Luxemburgo. Pero los mozos que a cada rato le llenaban el vaso y la colmaban de bocaditos la volvieron condescendiente.

Y no sólo a Bella, a juzgar por la alegre aprobación con la que el resto de los invitados aceptaron la sorpresa: el Gran Escritor, la figura preclara de las letras locales, leería con bombos y platillos –perdón, con acompañamiento de guitarras– su épica obra cumbre. Bella fue la única en reaccionar. Je me les pique! proclamó echando mano a un francés muy personal en honor de los usos diplomáticos.

–Ya no aguantás que nadie te haga sombra *–parece haberle retrucado un amigo puesto allí por el destino para impulsar esta historia. Y después hay quienes dicen que debió haberse ido para no entorpecer su preclara carrera. La del embajador, naturalmente.*

El escritor ya estaba subiendo al podio improvisado, ya desplegaba sus austeros papeles y componía su mejor cara de angustia metafísica. Por encima y por debajo de la fiesta se percibía el murmullo de los pasos de tantos asilados políticos, su ansiedad por participar de los festejos, sus ganas de asomarse una vez más al mundo, ignorantes como estaban del martirio: el escritor ya abre la boca, comienza la balada. Acompañada, desde lejos, por el ulular de sirenas de los patrulleros policiales.

Bella estaba atenta a esos sonidos inaudibles mientras buscaba un sillón bien alejado para aposentar la parte más ponderada de su ponderada humanidad. Lo encontró, frente a una pared con espléndido tapiz de Aubusson ideal para reclinar la cabeza y disponerse a honrar la cantata o lo que fuera con un plácido sueñito. *¿Con sueños dentro del sueño, con ensoñaciones en las que imágenes del amor podían ser intercambiadas por imágenes del miedo? Quizá ni ella misma lo sabía, aún* *no se habían amalgamado las sustancias: miedo y amor, sentimientos inconfesables, difíciles en este caso de asimilar por separado.*

No que Bella desconociera la palabra miedo, o que el miedo lograra paralizarla, pero la palabra amor bien que la conocía, bien que habían andado por ahí aplicándola a destajo. Y la palabra amor le daba miedo.

Un sueñito, apoyada majestuosamente contra el Aubusson, del que no la arrancó ni la estertórea voz del escritor propalando su oda ni las guitarras que cada tanto enloquecían por cuenta propia. En cambio lo que sí logró despertarla, hasta hacerle pegar un respingo en su mullido sillón, fue algo mucho más inefable, como una oleada de calor que escalonadamente le trepaba las costillas, se le metía por la boca y así no más le emergía entre las piernas, obligándola a separarlas. Tanta bocanada de ardor persistente después del respingo le hizo abrir un ojo atento, dulce, que de golpe se topó con el cuidadoso ojo del embajador que desde la otra punta de la penumbra pero en su misma hilera de sillas, quizá, quién sabe, tal vez, probablemente la estaba acariciando.

Los aplausos cortaron ese puente tendido de miradas, la marea de gente poniéndose de pie para saludar al Maestro y procurarse un trago los separó del todo, y transcurrió un buen tiempo antes de que el embajador lograra bogar copa en mano hasta Bella.

–Usted es actriz o algo parecido.

–O algo parecido.

–Un bello reflejo –y apenas le pasó dos dedos por el mentón, como al descuido. Bella quedó con la sonrisa incorporada, un poquito flotando, y cuando alguien se acercó para hacérselo notar le echó toda la culpa al trago.

¿En qué instante se inflan las velas y el derrotero queda ya establecido, desviado para siempre de la ruta segura? ¿Bastarán sólo dos dedos, tiernamente la yema de dos dedos sobre un mentón incauto? ¿Habrá habido otro aviso, otro llamado?

Al rato sonó la hora de batirse en retirada de la fiesta, atravesar la barrera de guardianes y lanzarse a la azarosa aventura de la noche. Los ánimos andaban achispados gracias a las libaciones, el escritor ya se había retirado después de innumerables reverencias, los demás se iban despidiendo poco a poco, los entorchados reclamaban sus custodias, las damas empilchadas se aferraban a unos brazos seguros, el embajador empezaba a sospechar que la noche podría estar empezando. Entonces retuvo con un amable gesto al grupito de Bella que

¡oh casualidad! incluía a Bella y los instó a quedarse: un traguito más, un poco de charla amena para empezar a conocerse.

Celia fue la única que no quiso quedarse, a pesar de lo mucho que podían interesarle los contactos con ese embajador y con esa embajada. Compromisos secretos la reclamaban. Pero los otros amigos aceptaron encantados y la charla fue amena, libre ya de protocolos y tensiones, y por fin el embajador pudo reír como no recordaba haber reído desde que sus transitados pies hollaran esas tierras. Reía sacudiendo la cabeza mientras su señora esposa intentaba reacomodarle el pelo. El embajador reía cada vez más, sacudía la cabeza, clamaba:

–Déjame despeinarme, mujer. Por una vez quiero sentirme despeinado, despierto, desquiciado, libre.

Y estiraba una fuentecita de dulces hacia la lánguida, ávida mano de Bella. Y Bella los aceptaba como si no supiera en honor de quién la despeinada ni por qué motivo dulces.

Pero después, con el nivel de alcohol en grado óptimo, improvisó aquel Memorable Monólogo de la Melena Mora que habría de franquearle las puertas del infierno:

–Malditos malhadados misántropos, marranos mercenarios, malparidos mirones, no merecen mesarse sin melindres la melena. Porque las mieles manan de melenas morenas y mágicos manoseos mitigan mordeduras de monstruos macrocéfalos. ¡Meritorias melenas, maravillas! Minerva me mueve a ad/mirarlas –etcétera, etcétera, que nadie pudo reconstruir en su totalidad a pesar de haber sido rubricado con aplausos mucho más entusiastas que los que en su momento cosechara la epopeya del Maestro.

Y muy tiernas piececitas fueron ensamblándose esa noche hasta el punto que Mara aprovechó la ráfaga amistosa para proponer una reunión en su propio hogar. Ese algo que flotaba en el ambiente Mara quiso uncirlo a su carro y atrapar al esquivo, a Aldo Hueso-Duro-de-Pelar Juárez.

La reunión quedó concertada para la semana siguiente.

–Tienen que venir todos, toditos todos. Prepararé suculentos manjares locales para halagar el gusto de nuestros diplomáticos invitados de honor. Platos bien condimentados. Estimulantes en más de un sentido.

Con esta advertencia quiso Mara franquearle al Esquivo el camino a su cama pero sólo logró armar una trampa en la que caerían otros seres totalmente inocentes. Inocentes al menos de las manipulaciones maricas.

Inocente, inocente ¿quién está de verdad libre de culpa? ¿Quién tira la primera piedra?

III

Bella sobre la cama acariciando una sensación inesperada: el miedo. Algo que va a olvidar muy pronto y va a entrever nuevamente y va a dejar sumergir como las distintas ondas de una serpiente marina. Un tiempo de miedo arqueado sobre la superficie consciente, un tiempo de miedo subacuático.

¿Miedo de qué, por qué? Sensación confusa como la de estar al borde de un descubrimiento que muy bien podría llevarla a la catástrofe. Nada vinculado con el miedo concreto y confesable que flotaba por las calles de esa ciudad en esos tiempos de violencia. Miedo ajeno a la agresión policial, a las *razzias*, a las desapariciones y torturas.

¿Pensaba en el embajador en esos ratos, llamándolo ya por su nombre de pila? El ya Pedro en los pensamientos de Bella, con identidad propia.

Había habido entre ellos tan sólo algún cambio de miradas. Esas señales secretas que Bella sabía captar tan bien cuando quería. Se había sentido acariciada, protegida cuando él la miraba y eso era importante. Pedro, protegiéndola no como embajador sino como ¿hombre? Bella, ¡Bella! guarda con estas altisonantes frasecitas de admiración fálica, se recriminó riendo y saltó de la cama para ir a vestirse.

Así le iba trascurriendo la vida, con algunos ramalazos lúcidos y la necesidad de borrarlos cada tanto pasando el trapo húmedo de la broma.

Por lo tanto, cabeza de pizarra por dentro y de cobre relumbrante por fuera, Bella llegó –tarde– a la reunión en casa de Mara. Entró sonriendo con pasos como de danza y no le fue difícil, le bastó con trasladar el movimiento del ascensor a un piano vertical y obligarse a sentir que giraba por dentro mientras iba saludando a uno por uno.

–Llegó el alma de la fiesta –señaló alguien. Y todos fueron contagiándose de su alegría hasta que Bella se encontró frente al embajador que la recriminó, muy sin sonrisa.

–¿Por qué me hizo esperar tanto?

Y Bella ya no pudo seguir sintiéndose liviana.

Se dejó conmover por la inestable seriedad del embajador y permitió que poco a poco fuera aislándola del grupo. Bastante acaparador, el hombre. Aun con su mujer de testigo fue derivando a Bella hacia el balcón y allí la arrinconó para él solo. Sin ningún propósito especial, simplemente para mirarla a los ojos y hacerla sentir incómoda. Nada menos que a Bella, no hay derecho, incómoda frente al embajador que era ahora interpelado por su primer nombre y a todas luces había hecho muy buenas migas con los amigos de Bella. Amigo, por lo tanto, Pedro el embajador. Amigo pero inquietante.

Las frases que cruzaron a esa altura fueron apenas exploratorias, mero intercambio de tanteos, pero empezaron a funcionar ya como sondas de profundidad y muy bien pudieron prefigurar un diálogo que se repetiría más adelante, con variantes:

–No entiendo por qué anda suelta una mujer tan encantadora.

–Porque soy una bestia solitaria y voraz. Arff. Devoradora, depredadora. ¿Acaso no te diste cuenta? ¿No te da miedo?

–¿Cómo no me va a dar miedo? ¿No ves que me quedo en la seguridad de mi mujercita rubia? Entre Gretel y la bruja uno siempre va a optar por Gretel ¡pero qué fascinación tiene la bruja! Te prometo que voy a luchar denodadamente contra las ganas de saltar al abismo, pero el abismo –este abismo– es lo más endiabladamente tentador que conocí en mi vida.

De alguna manera ambos compartían ya ciertas percepciones. En el balcón de Mara sabían, sin poder explicárselo, que entre ellos se trataba de esa extraña sensación llamada vértigo. Algo como un único paquete en el cual se habían mezclado los elementos más incompatibles: la imperiosa necesidad de saltar y el pánico de ceder a esa imperiosa necesidad suicida.

Bella lo iba percibiendo. Los ojos puestos trece pisos más abajo, allá donde nacen las sirenas policiales que hieren la piel de la noche. Los ojos asomándose al vacío y la mano aferrada con desesperación a la baranda, los nudillos pálidos. Pedro no tomó esa mano, aunque ganas no le faltaron, y la mano pareció marchitarse como hoja de otoño. Las manos no tomadas, las bocas no besadas. La boca de él temblaba a veces, tiernos labios asomaban por entre los pelos que intentaban ocultarlos, boca sensual del todo delatora de algo que estaba vibrando y no quería traicionarse.

–Señor embajador, rió Bella al levantar los ojos de un vacío para hundirse en el otro. Señor embajador, usted me confunde. *(No me confunde con otra, no, ni piensa de mí cosas que yo no soy porque yo soy todas. No. Lo que hace es crearme confusión. Perturbarme.)*

Al rato se produjo la inevitable interrupción de tanto mensaje dicho a medias. El balcón fue invadido, Mara quiso inquirir sobre los asilados en la embajada de Pedro, el embajador diplomáticamente intentó desviar la conversación de tan espinoso tema, otros insistieron, reclamando detalles, pero mucho no duró la pretendida toma de conciencia colectiva. Presintiendo la tensión de Pedro, Mara volvió a llamarlos a la irrealidad para no permitirles olvidar que en su casa, en lo alto, estaban al resguardo de las feroces acechanzas externas. Las humeantes cazuelas hicieron el resto y promovieron una hermandad de sabores que los fue llevando a la despreocupación ansiada.

Hay que ver con qué facilidad los condenados se aferran a la más mínima distracción, la menor hilachita de olvido. Todo por evitar mencionar lo inmencionable.

El momento de la partida se fue estirando, estirando entre estos impenitentes noctámbulos que se resistían a retornar a ras de tierra. Mara hacía lo imposible por retenerlos y sacaba de su galera más postres y más licores, otro cafecito, un cognac, y sacaba y sacaba y Bella esperaba con su semisonrisa el instante de verla producir el conejo: la rendición de Aldo.

La reunión siguió el cauce estimulante de los grandes encuentros humanos, con miradas cruzadas, atracciones y repulsas e hilos misteriosos que se iban anudando por encima de las cabezas incautas. Hasta que el embajador consideró que había llegado una hora lo suficientemente avanzada como para retirarse con cierta dignidad, descolgó el teléfono y reclamó su coche.

Y todos se fueron despidiendo. Mara hizo su último intento por retener a Aldo pero Aldo se aferró al brazo de Bella y le dijo te acerco y ella se vio obligada a aceptar aunque hubiera preferido hacer el viaje con Pedro, aun a costa de tener que compartirlo con madame la embajadora.

Compartieron, eso sí –los cuatro– el ascensor y también una emoción fuera de programa: estruendo feroz y sacudida que por suerte no destrozó el aparato, señal de que a poca distancia acababa de estallar una bomba. Pedro, al sentir el cimbronazo, estiró los brazos y abrazó a las dos mujeres, una a cada lado de su pecho, y las retuvo contra sí hasta llegar a la planta baja.

Al abrirse las puertas se encontraron ante una desolación de vidrios rotos:

–La onda expansiva –aclaró Aldo para demostrar que mantenía la calma.

La bomba había estallado a una cuadra, ya estaban llegando los patrulleros y quizás al día siguiente lo leerían en los diarios. O no.

De todos modos Pedro detectó a su chofer en la vereda de enfrente ante su coche intacto, y Aldo había estacionado bastante más lejos y ninguno de los dos quiso dejarse perturbar por la bomba, algo tan habitual en estos tiempos. Pero fue para digerir el cimbronazo del ascensor que Aldo lanzó al aire la próxima invitación:

–A ver si nos reunimos pronto en casa a comer un asadito. Es un barrio tranquilo.

Y así empezó la cadena de festejos que eslabón por eslabón iría amarrando a Bella, y Bella como siempre tan desprevenida. De todos modos una fatalidad que se va armando con nuditos de fiesta ¿a quién puede aterrar? ¿Y quién, pregunto, quién puede resistírsele?

IV

Bella llegó a casa de Aldo vestida de negro, con ideas al tono y a la vez exaltada por haber estado acariciando fantasías de muerte que la hacían sentirse omnipotente, por encima del grupo de amigos y más cerca de ese delicioso embajador llamado Pedro que tenía una cápsula de muerte enquistada en su casa.

Al atravesar el largo jardín y llegar a donde estaba reunido el grupo, justamente, oyó a Pedro disculpándose ante el dueño de casa pero en voz tan alta como para que le llegara la aclaración a ella aun antes de haberse saludado.

–Mi mujer no pudo venir y lo siente muchísimo. No se encuentra bien, la pobre, me temo que estamos viviendo demasiadas tensiones.

Aldo pareció contrito, quizás el embajador también un poco aunque no se le notara demasiado, pero Bella y Mara intercambiaron una fugacísima mirada de complicidad y cada cual por su lado se dispusieron a volverse radiantes, esa noche.

Noche fácil para lograrlo, en el jardín algo selvático de Aldo, al resplandor de esas brasas que en la enorme parrilla iban haciendo chisporrotear una carne de la que se desprendían efluvios despertadores de apetitos varios.

Al preparar la ensalada Mara podía soñar que ésa sería su misión en la vida: convertir todo el jardín en ensalada para brindársela a Aldo. Y mientras desgarraba la carne con los dientes Bella podía soñar que ésa sería la suya, en lo que al jugoso embajador se refería. Qué soñaban los aludidos señores, qué soñaba el resto de los invitados no era cosa fácil de adivinar por encima del constante rumor de la animadísima conversación o de la música que fue copando la sonoridad ambiente hasta empujarlos a todos al baile. Un baile mezclado con rondas y risas y nudos que Pedro aprovechó para ir arrinconando a Bella, separándola de los demás con pasitos de samba, guiándola hacia la periferia con meneos de cadera un poco torpes pero graciosos.

Hablaba mientras bailaba, con movimientos de mano recalcaba las palabras y Bella trataba de atender más a esas manos que a esos labios. El decía por ejemplo Tantas cosas que quisiera hacer y no puedo, pero las manos apilaban elementos invisibles, juntaban, acariciaban, las manos sí podían y Bella se preguntaba dónde estaría la verdad y optaba por creer en los gestos. Pero el monólogo de Pedro ya bogaba por otros derroteros y quizá las palabras no eran del todo mentirosas cuando él le decía Nunca nos vemos a solas, deberíamos almorzar en algún lugar tranquilo que esté fuera del mundo, y Bella no quería ni abrir la boca para que él pudiera seguir hablando, maniobrando, y quizá con esos pies bailantes llevarla a algún lugar fuera del mundo no sólo para almorzar sino también para. Apenas lo estimulaba con algún movimiento de hombros de esos que le salían con natural elegancia o le pasaba una mano algo hindú, con rápido movimiento de dedos, muy cerca de la boca pero él no aprovechaba para manotearla y besársela sino que seguía hablando y seguía bailando y seguía gesticulando. Mientras, la iba guiando –a veces de frente como empujándola y a veces retrocediendo, atrayéndola– hasta el rincón más remoto del jardín donde la hiedra cubría los árboles más altos.

Del todo arrinconada, Bella cesó de menearse. Sin más movimiento, con la música a lo lejos, Pedro por fin dejó de hablar y los dos quedaron en la penumbra mirándose a los ojos, donde había luces.

Y Bella, sin saber qué hacer ni qué decir, porque los sueños no tienen derecho a materializarse así de golpe, sin que una esté preparada, preguntó sin pensarlo:

–¿Dónde dejaste el lobo, Pedro, Pedro, Pedro y el lobo?

–El lobo soy yo, con piel de cordero. ¿O será a la inversa? Un cordero con piel de lobo. Eso soy para usted, señora, si usted me lo permite.

–Será o no será aunque yo no se lo permita, señor. Aunque en esta sencilla ceremonia se lo prohíba para siempre. Y arrancando una flor, con el mismo vuelo de la mano se la puso a él en la solapa. Un malvón colorado, algo poco embajadoril pero muy tierno.

–Me la voy a comer, señora, para que esta bella flor que usted me ha brindado pase de inmediato a circular por mi sangre.

–Por favor, embajador. Usted que tiene sangre azul. Se la va a manchar.

–No. Se volverá morada. Sangre de obispo. Sagrada.

–Sangrada.

–Desangrados: así vamos a quedar nosotros si no nos cuidamos un poco.

–Y bueno. A portarse bien se ha dicho. Volvamos con los demás.

–No hablo de portarnos bien y cuidarnos de los otros. Eso qué puede importarnos. Nos vamos a desangrar si no nos cuidamos de nosotros mismos.

V

Lo que más me preocupa de esta historia es aquello que se está escamoteando, lo que no logra ser narrado.

¿Una forma del pudor, de la promesa? Lo escamoteado no es el sexo, no es el deseo como suele ocurrir en otros casos. Aquí se trata de algo que hierve con vida propia, hormigueando por los pisos altos y los subsuelos de la residencia. Los asilados políticos. De ellos se trata aunque estas páginas que ahora recorro y a veces reproduzco sólo los mencionan de pasada, como al descuido. Páginas y páginas recopiladas anteriormente, rearmadas, descartadas, primera, segunda, tercera, cuarta versión de hechos en un desesperado intento de aclarar la situación.

Entre tantas idas y venidas que han sido narradas en distintas versiones se descubre la mano de alguien que también quiso aclarar esta confusión de vida. No hay autor y ahora la autora soy yo, apropiándome de este material que genera la desesperación de la escritura.

Del material que tengo entre manos descarto las crónicas tediosas de encuentros sin consecuencia entre el embajador y Bella, de los ensayos y representaciones de Bella, la descripción de roles que van asumiendo uno y otro en muy diversos escenarios. Los vaivenes de siempre. Hay papeles de Bella que alguien (¿la propia Bella?) a todas luces intentó suprimir o minimizar. Papelitos estrujados, anotaciones en servilletas de papel manchadas, trozos de información que a veces me parecen rescatables como éste

Tema de los pellejos

¿En qué pellejo se mete una cuando encuentra a alguien que logra estimularla? En el pellejo de la atracción, el siempre alerta, el de los poros ansiosos y las fibras vibrantes. Una está dormida y de golpe viene otro que le despierta toda la capacidad inventiva, que le despierta a una hasta los más remotos rinconcitos donde se agazapa *y la hoja está desgarrada en este punto y nunca sabremos qué se agazapa, qué se despierta en los remotos rincones de Bella. Porque ésta parece ser la historia de lo que no se dice.*

El deseo en cambio se menciona pero no se cumple. Pedro acaricia a Bella, a veces hasta la envuelve en sus brazos, la rodea de palabras y de confesiones pero no de actos. Hablan y hablan y hablan de todo lo hablable menos de lo otro. Los asilos. Que se realizan pero no se mencionan. O se mencionan al pasar, apenas. Entre todo el papelerío aparecen dos diálogos clave, dos conversaciones perdidas entre las tantas que descarto. Transcribo el primer diálogo, que tuvo lugar aparentemente en el despacho del embajador, meses después de haberse conocido. Bella le comunicó:

–Tengo una pareja de amigos, abogados ambos, defensores de presos políticos. Fueron los últimos que se animaron a presentar un habeas corpus en nombre de cinco de sus clientes desaparecidos. Ahora los buscan, les pusieron una bomba en la casa; están desesperados y ya no tienen dónde esconderse. Piden asilo.

–Bella, te prometo hacer lo posible. Lo que me pidas es para mí sagrado, pero la situación está sumamente difícil. Ya no puedo permitir que se asile todo el mundo, no puedo abrir las puertas como antes. Estamos muy controlados, primero tengo que realizar todo tipo de indagaciones para asegurarme de que se trata en verdad de perseguidos políticos, y aun así estudiar la manera de hacerlos entrar clandestinamente. Esos guardianes oficiales que se supone protegen la residencia, que se supone son custodios, actúan en realidad de cancerberos para impedir el paso.

Ambivalencias de la protección, de eso estaba hablando Pedro aunque Bella no estuviera ese día atenta a los metamensajes. Ese día Bella no buscaba concretar la pasión de Pedro sino que reclamaba su complicidad en asuntos para nada sentimentales. Mas allá de lo que dejan traslucir estos papeles ahora en mi poder, pienso que Bella estaba mucho más comprometida políticamente de lo que jamás había querido admitir, ni siquiera a sí misma.

Los papeles narran su historia de amor, no su historia de muerte.

Pero me consta que hubo otras corrientes más profundas, encontradas. Lo sé porque yo también recorrí esos senderos y ahora me apoyo en Bella y en su aparente desparpajo para recrear la historia y ella, protagonista al fin, sólo aporta los elementos menos comprometedores, nos habla de una busca de amor, sólo de eso: los desencuentros, los tiempos más o menos eróticos con Pedro, las esperas, las angustias, los temas de siempre.

Los papeles escamotean el otro plano de esa realidad donde Bella es apenas una pieza más, un peón en el juego.

Y yo en medio de todo esto, tratando de rescatar aquello que se nos escapa de entre los dedos porque responde a un escamoteo más global: la ley de asilo. Un delicadísimo equilibrio, una ley que no debe ser infringida ni aun años más tarde y por vías de ficción.

Durante el tiempo de su refugio el asilado queda suspendido en el no-lugar de la embajada. Ya no está más en su propio país –asiento de la embajada– y por lo tanto no está en ninguna parte. Entre esas paredes que no son de cárcel no puede recibir correspondencia, ni llamadas telefónicas, nunca más podrá ver a sus amigos que quizá vivan a pocas cuadras de distancia, sólo a escondidas leerá los diarios.

Y sabemos que la pareja de abogados conocidos de Bella pudo por fin ingresar a la embajada. El primero de esos regalos no expresados que Pedro empezó a hacerle a Bella. Pedro el verborrágico, respetando cierto tipo de silencios de los cuales Bella acabó por contagiarse. Hasta el punto que su pretendida autobiografía indirecta, su novela testimonial, acabó desinflándose en partes y haciendo sólo alusión pasajera a los hechos verdaderamente trascendentales.

VI

Nadie quiere entender, se quejó Pedro, los asilados exigen salir al jardín por lo menos tres horas diarias, pretenden comidas variadas, y lo peor es que tienen razón y yo no puedo decirles que hay amenazas de bombas, que mientras se asolean en el jardín están a la merced de cualquier mira telescópica, no puedo sembrar el pánico y decirles que a cada rato recibimos llamadas telefónicas amenazando con secuestrarlos, que no logro dormir porque por cada coche que se detiene bajo mi ventana pienso que son los secuestradores y sé que no estamos seguros, ni de día ni de noche, y las provisiones no pueden entrar, los guardias lo esculcan todo, lo destruyen todo con el pretexto de buscar armas o mensajes o lo que fuere. Los asilados deben estar en el más protegido de los mundos y yo hago lo imposible para que así sea pero no puedo calmar a los descontentos. Tampoco puedo conseguirles el salvoconducto para sacarlos del país, aunque día por medio me entrevisto con el canciller. Lo único que puedo hacer, en lo posible, es evitarles el pánico y no sé por qué te estoy contando todo esto, mi bella Bella, yo que no se lo cuento ni a mi almohada, ni a mi tío Ramón con quien hablo todas las noches al acostarme, o algunas noches, bueno, y él me entiende mejor que nadie aunque toda su vida haya vivido en su pueblecito y sólo hable con las plantas y con ciertos animales no bípedos implumes. Con decirte que cierta vez mi tío Ramón iba por el bosque y de golpe, oh sorpresa, encontró sobre la tierra el reloj que se le había perdido dos años antes. Sí, era el mismo Longines, su único orgullo, el que lo había prestigiado en todo el pueblo, no lo podía creer. Se agachó para tomarlo y llorar sobre él, dándolo por muerto, pero le pareció que el reloj estaba andando. Imposible, se dijo, llevándoselo a la oreja por si acaso, y sí, el reloj funcionaba, dos años después ¿te das cuenta, Bella? Entonces mi tío Ramón que es muy curioso volvió a dejar el reloj donde lo había encontrado y se quedó esperando. Poco tiempo tuvo que esperar el hombre, porque al rato no más vio salir a la víbora de su cueva y pasar deslizándose pegadita al reloj, dándole cuerda. Nos hiciste esperar mucho, le dijo la víbora a mi tío Ramón, casi 15.000 horas!

Madame la embajadora, que había hecho irrupción en la salita minutos antes, no pudo contenerse.

–¿Cómo no conocí a tu tío Ramón, cómo nunca me hablaste de él?

–Deja, mujer. Tú ya sabes demasiadas cosas de mí. El tío Ramón es un familiar que tengo sólo para Bella.

El tío Ramón, los amuletos varios, las magias de las gentes de su pueblo y esa sutil red de encantamientos que Pedro fue tejiendo alrededor de Bella durante aquella tarde que se prolongó hasta muy avanzada la noche.

Cada tanto Bella hacía amago de irse y Pedro llamaba al mucamo para que les sirviera más bocaditos o descorchara otra botella de champán, o madame la embajadora volvía en una de sus brevísimas incursiones y la instaba a quedarse. Finalmente Pedro decidió no asistir a la cena en la embajada de Austria y prefirió apoltronarse en la salita íntima, disfrutando de la presencia de Bella.

No entiendo por qué la información crucial ha sido omitida en la relación de este encuentro clave. Según parece, el día de marras Pedro le dijo a Bella desde un principio que esperaba una comunicación urgente de su ministerio y necesitaba tenerla a su lado. Bella ya convertida para Pedro en la encarnación de ese país al que necesitaba aferrarse, con el que no quería romper relaciones diplomáticas si le llegaba la orden telefónica. Pedro reteniendo a Bella, mágicamente conquistándola para que en otro plano no se plantee el fracaso de sus gestiones oficiales. Y Bella de alguna forma debió de haber sentido en la piel esa investidura, debió haberla sentido y rechazado: no Bella con gorro frigio, no Bella como símbolo patrio y menos de esta nación tan conflictuada. Quizá por eso prefirió ni mencionar la espera de una orden que, además, significaría el alejamiento de Pedro.

Tampoco mencionó su entrevista con la pareja asilada, ni las largas conversaciones que mantuvieron posteriormente. Tampoco los peligros que corrió para conseguirles ciertos documentos imprescindibles para tramitar el salvoconducto. Bella creyó en todo momento –o nos hace creer– que lo único importante para ella era alcanzar una intimidad con el embajador. Pedro le ofreció todo tipo de intimidades, le reveló la información más secreta, le dejó la libertad suficiente como para actuar en favor de la pareja contrariando todas las imposiciones de la ley de asilo, prefirió no enterarse de la asistencia de Bella a la pareja de abogados, pero se resistía a ceder lo más íntimo de su intimidad, aparentemente lo único que a Bella le interesa.

–Son apenas las doce de la noche, mi Bella, no se vaya, prometo que la carroza esperará y no volverá a ser calabaza. Vamos a brindar por la medianoche.

–No hemos hecho otra cosa más que brindar, Pedro, desde el mediodía. En el jardín, en el comedor, en la sala principal, en este acogedor saloncito.

–Tienes razón. Quedan otras dependencias, subamos ahora a la biblioteca. Haciendo, claro, como en las curas de espanto: Bella, toma tu espíritu y vente, Bella, toma tu espíritu y vente, Bella, toma tu espíritu y vente. Hay que llamar tres veces a la persona por su nombre, para que el espíritu no se le aleje del cuerpo y el cuerpo no parta a hacer trapisondas por su cuenta.

Bella tomó en cambio su cartera y se fue después de cariñosa despedida, pensando que ciertas trapisondas con el cuerpo no serían del todo desaconsejables y ¿cuándo, mi vida, cuándo?

VII

No hay como renunciar a lo que se quiere para finalmente conseguirlo. Bella lo sabía y al mismo tiempo le costaba renunciar y pasito a pasito caminaba por las calles arboladas pensando bueno, basta, éste es el tope, no se puede pedir nada más, él da lo que puede dar y basta, no peras al olmo, dejémoslo así. Y después de todo ¿por qué no pretender algo más? ¿quién lo impide?

Un hombre casado, un hombre con su vida hecha y eso no parece ser lo que más lo preocupa. ¿Qué lo preocupará, entonces? ¿Por qué no pegará de una vez el zarpazo, el tarascón, más bien (comeme, negro)?

Sólo que Bella ya no se sentía disponible. El minuto de la gula aparentemente había pasado y si se dirigía a la residencia era para cumplir una misión, no para ver a Pedro. Por eso caminaba despacio, dejando que el tiempo corriera y la noche avanzara, para no tener que enfrentarlo. Llegaría a la embajada, los guardianes estarían esperándola, le franquearían el paso y ella podría quizás ayudar en algo. Pedro la había llamado por teléfono una hora antes:

–Cierta vez mi tío Ramón tenía unos invitados en su casa que se le iban quedando y quedando y aunque él hiciera lo posible para conseguirles otro sitio, no lo lograba y cierta tarde como ésta a la señora le dio un ataque de nervios y no hubo forma de calmarla. Así que mi tío Ramón aunque no creía en los siquiatras empezó a llamar a todos los siquiatras que encontró para que fueran a ayudar a la señora, pero ninguno quiso ir a esa casa porque, alegaban, la casa estaba embrujada.

–Más que siquiatra tu tío Ramón hubiera necesitado un exorcista, Pedro. Dentro de un rato voy para allá.

Y camino de la casa embrujada iba no más Bella, dándoles tiempo a Pedro y a madame de partir a otra de las tantas recepciones oficiales. Sin ganas de verlos.

Pero al llegar se encontró con Pedro aún allí, de smoking.

–Te estaba esperando, Bella. Todo se ha complicado hasta lo indecible y necesito tu asistencia. Te cuento de menor a mayor los dramas del día: se nos enfermó la cocinera y tenía que cocinar para todos nuestros, digamos, invitados. Recibimos constantes amenazas telefónicas. Desapareció mi secretaria. Y ahora, para colmo de males, como si todo esto fuera poco, se nos ha metido en la casa un pez gordísimo, casi te diría el principal perseguido político del país, y le tenemos que dar asilo aunque haya ingresado sin nuestro consentimiento. Fíjate, Bella, que dijo que era el doctor, y como todos esperaban al siquiatra que nunca vino le permitieron la entrada. Ahora sí que se van a ver entorpecidas todas las gestiones, nunca más me darán el salvoconducto para sacar sanos y salvos a los otros. Necesitaba hablarte, Bella. Consultarte.

–Pedro, esto es espantoso, decime qué puedo hacer por vos. Lo que quieras.

–Me tienes que ayudar, me tienes que sacar de esta duda que no me permite actuar. Estuve esperándote para consultarte, no podía irme sin antes hacerte esta gravísima pregunta. Dime, Bella, ¿de quién es la frase? De quién esta frase que me ronda la cabeza desde que entró el pez gordo, esta frase que no me deja respirar, casi. ¿Es del Martín Fierro, de mi tío Ramón, de García Márquez, de Borges, de quién?

–Ay, Pedro, ojalá pueda ayudarte. ¿Qué frase?

–Éramos pocos y parió la abuela.

Fue ése el precioso instante en que Bella supo que no tenía sentido resistirse al amor, que después de esa frase, de esa vital y desbordante apertura de humor en medio del espanto, amaba a Pedro con o sin manifestaciones físicas.

Y a continuación vienen resúmenes, anotaciones, trozos de diálogos, pequeñísimas escenas sin importancia, otras sintetizadas en párrafos que habría que hilar nuevamente para poder retejer la historia –la historia de la histeria de la abogada, por ejemplo, apenas mencionada al pasar y en la que Bella jugó un papel preponderante, e hizo de ama de casa en la residencia mientras el embajador y madame cumplían sus deberes protocolares. Bella consiguió por fin una siquiatra, aplacó sus temores de verse enredada en algún tipo de acción subversiva y antigubernamental, aplacó los ánimos de la abogada, y se sentó a esperar a los embajadores para pasarles el parte del día –o de la noche– y poder despedirse.

Pero no pudo despedirse. Pedro la retuvo, fue gradualmente envolviéndola con sus palabras, con sus brazos, con todo el cuerpo y Bella por fin cumpliendo su sueño de una relación íntima con Pedro y entonces se nos escamotea también el amor que fue expresándose durante toda la noche y sólo se nos deja el miedo. De Bella:

Yo lo vi, lo vi, yo lo hice y lo deshice, reconstruí, armé y desarmé. ¿Armar al ser humano? ¿Desarmarlo para descubrir cómo está hecho? Pretensión que viene de tan atrás, ganas de saber, de romper un poquito, empujar un poco más para comprobar hasta dónde resiste (y casi siempre se caen, casi nunca aguantan y después aprovechan la caída para salir corriendo).

Bella empuja y empuja y sólo piensa que el otro va a caer y después ¿qué? casi siempre es ella quien se machuca y hace trizas, se golpea y destruye, y el otro nunca está allí para amortiguar el golpe. El otro casi siempre cae encima de ella –ileso– y la aplasta

(sofocada estoy bajo el cuerpo de él, todos mis orificios obturados sin poder respirar ni gritar y él tan satisfecho y yo casi casi tan satisfecha también, y sofocada. ¿Será éste el precio? Sofocada). Despertate, Pedro, quiero irme a casa. Despertate, está amaneciendo, nos van a descubrir, pueden vernos. Tu mujer, los asilados, nos van a descubrir, nos van a descubrir los guardianes y los custodios, todos van a saber, los de afuera y los de adentro, los guardias armados y la policía secreta, todos van a saber. Que no se enteren, Pedro, que nos dejen tranquilos, que no nos manoseen. No quiero que me unten con la viscosidad del saber. No quiero que jueguen a una complicidad teñida de amenazas. Pedro, despertate Pedro, levantate, huyamos de esta salita, volvé a tu dormitorio, Pedro, ayudame a salir de acá, movete, reaccioná. Defendeme.

Monólogo que quizá no tuvo lugar durante la primera pernoctada de Bella en la embajada, que probablemente fue el fruto de alguna otra noche subrepticia. Pedro parecía querer que todos tomaran conciencia de su relación con Bella: era ésta su respuesta de vida a tanta amenaza de destrucción y de muerte. En cambio para Bella la respuesta de vida era no sólo la necesidad de estar con Pedro manteniendo el secreto sino también el miedo estimulante que la llevaba por las calles con los ojos bien abiertos, miedo que la expulsaba del lado de Pedro con las primeras luces y la lanzaba por el mundo con la casi certeza de que la estaban siguiendo.

Lo otro no, lo otro era Bella yendo y viniendo despreocupada, acumulando las sensaciones más positivas para darle los últimos toques y pulir al máximo el espectáculo que estaba a punto de estrenar y que llevaba por título *El todo por el todo*, representación unipersonal en dos actos y montones de actitudes, con todas las máscaras izadas como velas. Espectáculo concebido para invitar al público a jugarse tratando de burlar las barreras de censura mientras la posibilidad todavía existiera, apurándose antes de que la represión –esa mancha de aceite– completara su eficaz marcha de mancha y lo contaminara todo. Creación y censura, lo hecho y lo deshecho, decía Bella, lo desechado. Un dechado de creación, ella, una castración sin tacha, la censura. Todo por una actuación que durará apenas cinco precisas representaciones pero que será en realidad una invitación a dar el paso y jugarse, a saltar sin importarles, a ella o a su público, si abajo está el vacío. Invitación, insinuación, instigación a la introspección, ese fondo común. Pavada de proyecto.

Y unos días después, Pedro:

–¿Cómo fue aquello que dijiste en tu maravilloso espectáculo, eso sobre la relinga del pujamen, las velas arriadas que quisieras izar más allá del palo de mesana?

–No sé, Pedro, algún absurdo más. No quiero acordarme de la escena cuando estoy acá abajo con vos.

–Pues yo quisiera ayudar a izarte nuevamente. Quiero que partas a todo trapo hacia la gloria que mereces. Para lo cual he hecho las gestiones pertinentes ante mi ministerio de cultura y he aquí la invitación oficial para que realices una gira por mi país. Puedes zarpar dentro de una semana y es muy buena fecha porque en 15 días más estaré por allá y podré aplaudirte todo lo que sea necesario. De propia mano como te mereces. Si me permites esta feroz cursilería, te diré que quisiera aplaudirte y pulirte, quiero ser quien saque todo el brillo a esta piedra preciosa que eres tú.

–Ahora me vas a decir que soy una piedra en bruto.

–En absoluto. Centelleante. Pero yo sacaré a relucir hasta tus facetas más ocultas. Verás que soy buen lapidador.

–Lapidario, querrás decir, por tus juicios.

En toda inocencia Bella tomó la invitación como un homenaje a su talento. Quizá la promesa del embajador de alcanzarla al poco tiempo le impidió sospechar –como hubiera sospechado en cualquier otra circunstancia– que él estaba tratando de sacársela de encima. O, más grave aún, estaba rápidamente alejándola de seguros peligros que más valía no detallarle para no alarmarla. Y así, libre de toda sospecha, Bella pidió una semana más de plazo para preparar bien sus cosas, Pedro se la concedió y a último momento la obligó a partir antes de tiempo. Lo bien que hizo.

VIII

Busco y busco entre los papeles de Bella y encuentro poco relacionado con su partida o con su gira por las universidades en tierras de Pedro.

Apenas breves referencias, y por fin el esperado arribo del embajador narrado en pocas palabras, en menos palabras aún la inquietante noticia que el embajador le trae: hombres de civil allanaron el departamento de Bella, interrogando a los vecinos, revolviendo todas sus pertenencias en busca de no se sabe bien qué. Y la mención de este hecho tan significativo esbozada al pasar, elaborada sólo en uno de esos diálogos absurdos que solían mantener Bella y Pedro. Pantallas verbales.

–¿Quiénes habrán sido? –preguntó Bella.

–Y, los parapoliciales, o los paramilitares. Vaya uno a saber.

–Claro. Así queda todo aclarado. O los paracaidistas ¿no? O los parapsicólogos.

–No. Quizá las parafernalias, o las paradentosis, las paráfrasis. No hay que descartar la posibilidad de que fueran mujeres vestidas de hombres.

–Eso. Parafecto. Estamos de parabienes.

–Mientras no sucumbamos a la paranoia...

Y yo, quien ahora esto arma ¿por qué pretendo encontrar determinadas claves del asunto cuando me están siendo reveladas unas claves distintas? ¿Por qué buscaré escenas que no figuran resistiéndome a transcribir las que tengo enteritas entre manos?

A veces no las transcribo porque después de leídas una vez, nunca más vuelvo a encontrarlas, En este magma de datos se me traspapelan capítulos enteros (como los asilados, solos ahora en el silencio de la embajada, dueños de ese espacio restringido y anónimo, traspapelados también ellos. Sin saber dónde se encuentran en medio de esa compleja realidad externa que los rodea y amenaza).

Páginas enteras pueden desaparecer tragadas por las otras mientras ciertos papeluchos menores afloran a cada instante para reestructurar a B.

Las sombras se le venían encima a Bella opacándolo todo como papel manteca. Y después, la rebeldía: lucha a muerte contra las sombras, lucha inútil porque ellas ganarán si quieren. Y si no quieren ¿de qué vale el triunfo?

Solemos creer que para combatir las sombras se requiere más luz, pero al intensificar las luces sólo se logra intensificar las sombras. Sólo la oscuridad mata las sombras, esto es lo intolerable.

IX

Vuelvo a encontrar las escenas de los tiempos del viaje, y las transcribo completas.

Bella muchas veces hubiera querido gritárselo a la cara, agarrarlo bien de las solapas y escupirle toda la verdad, sólo que en aquel preciso instante Pedro llevaba puesto coqueto pijama sin solapas y ella estaba tendida sobre la vastísima cama de él, en la propia casa de él, en el país de él, sin fuerzas para sacudir a nadie y menos en terreno ajeno. Por eso se limitó a preguntar humildemente:

–¿Por qué tendremos siempre tanto miedo de confesarnos el amor, de reconocerlo en nosotros mismos? ¿Por qué saldremos siempre huyendo de algo que puede ser tan delicioso? Pedro se vio reflejado en ese espejo y por lo tanto no contestó Hablas por ti misma, yo nunca huyo. Porque él en efecto, gran campeón de los 1.000 metros llanos, experto maratonista. Bella lo había pescado muchas veces escapándose mentalmente, poniendo una distancia infranqueable entre ellos dos aplicando simplemente –por deformación profesional– el diplomático sistema de hacerse el que no ha oído lo que se le dice. No esa vez, esa vez se sintió acorralado y contestó creyéndose el feliz poseedor de la respuesta justa.

–Porque tenemos miedo de perder. Le tenemos miedo al rechazo. Nadie quiere arriesgarse a demostrar sus sentimientos para que después el otro se aleje dejándolo con las manos vacías.

En absoluto. La verdad que Bella entreveía era bastante más compleja, inexplicable: cuando dos personas se juntan, si de veras están juntas, siempre se produce una modificación profunda en ambas. Algo se despierta por el solo contacto con el otro, algo nuevo y distinto que nunca más volverá a dormirse del todo. Ya no somos los mismos después de un encuentro, nos enriquecemos, cambiamos, y es un cambio inquietante. Y cuando el otro se aleja no lamentamos tanto su ausencia como la pérdida del ser en el que nos habíamos transformado nosotros a su lado.

¿Habrá emitido Bella este discursito en voz alta? Lo más probable es que lo haya callado a conciencia, en la medida en que nunca fue propensa a abrir su corazón de par en par (tan sólo a tratar de abrirle el corazón al otro, arrancándoselo de propia mano). Pero puede que sí, que lo haya dicho no más, porque mucho después, en los prolegómenos de la despedida final, Pedro le diría –Me has modificado tanto– y ella en lugar de confesarle Y vos a mí, y vos a mí, como hubiera sido la verdad, parece que sólo atinó a contestar –Modificado, menos mal. Pensá qué sería de vos si te hubiera momificado, serías entonces del todo rígido e incurablemente diplomático–. Ironías posteriores.

Porque en el preciso instante de esta relación de hechos aún los vemos a ambos tirados sobre la cama, según explica el texto, como si el mar los hubiera arrojado a la playa. Trapos ablandados, ahítos. Naufragados en sábanas azules. A veces Bella con enorme esfuerzo pegaba unas brazadas y nadando hacia él se encaramaba sobre su pecho. Isla mía. A veces él jugaba a la ballena y de alguna manera secreta los dos sabían que estarían juntos esa noche del sábado y todo el domingo y después el diluvio.

A la mañana siguiente él preparó el desayuno, la despertó suavemente con la mesa ya puesta, la cafetera humeante, unos huevos revueltos, tostadas, todo lo que hace al hogar dulce hogar. Y Bella no husmeó el aire olfateando las vituallas sino un otro olor, el de la continuidad, e inmediatamente tras ese olor el de un susto a esa misma continuidad y, como corolario, un sutil, inquietante aroma a despedida.

Él ya estaba duchado, desodorizado, hermético ¿el olor vendría de ella? ¿Emanaría de ella ese olor a ganas de quedarse para siempre contemplando tras los ventanales el radiante, insólito paisaje de volcanes, ganas de quedarse íntimamente ligadas, amalgamadas a esas otras ganas opuestas de salir corriendo para siempre? ¿De quién de los dos, la ambivalencia?

El desayuno cobró entonces una tonalidad agorera, un poco falsa pero igualmente triste, y mientras Bella estudiaba el paisaje tras las ventanas de Pedro se puso sin querer a añorar su propio balcón, sus plantas. Con el último bocado preguntó:

–¿Te parece que podría volver a casa?

–Claro que sí, mujer. Qué pregunta.

–¿Cuándo?

–Cuando cambie la situación en tu país.

–Mirá que sos gracioso, Pedro. Es como decirme nunca. ¿Para qué me hacés ilusionar si después me contestás con evasivas? Decime algo concreto, una fecha.

–Conozco una sola cosa concreta en esta vida. Ven que te hago una demostración.

Por lo tanto de nuevo en el dormitorio principal, sobre el gran mueble que ya conocemos, dedicándose una vez más a la sabia actividad que ya sabemos. Como un golpe de borrador de felpa, suave, suave, sobre el negro pizarrón de la memoria. Sólo que la tiza ha rayado por demás, y si bien por un rato puede hacerse desaparecer el blanco de las letras queda para siempre la inscripción más profunda.

Después del amor, con la cabeza sobre el pecho de Pedro, haciéndole dibujitos de sudor sobre la panza, aportando para los dibujitos un poco de su propia saliva, Bella intentó retomar el tema y saber algo más: ¿habrán tocado a alguno de sus amigos? A Celia, sobre todo, que está tan comprometida ¿sabe Pedro algo de Celia? Y Navoni ¿habrá logrado pasar a la clandestinidad? ¿lo habrán desaparecido? ¿no estará incomunicado, torturado, muerto? ¿Habrán interrogado a alguno de ellos? Por culpa de una actriz idiota, irresponsable, pueden estar en serios problemas. ¿Y qué habrá pasado con su casa? ¿rompieron algo, todo? ¿se llevaron papeles? ¿robaron todo lo que pudieron, como acostumbran? ¿qué, qué, qué? ¿quedaron las paredes en pie, quedó su dignidad?

–Basta, Bella, bella, bellísima, criatura adorable. Ya te dije todo lo que sé. ¿De qué vale seguir dándole vueltas al asunto? No tengo más información de la que te he transmitido. Estás aquí, conmigo, a salvo, a tus amigos los han dejado tranquilos, tu casa no quedó más desordenada que de costumbre, nada fue robado según parece, todo está lo bien que pueden estar las cosas hoy día y bajo esos gobiernos. Olvídate del problema por el momento. Bórralo.

Para subrayar la idea del olvido Pedro dio media vuelta y empezó a dormirse y Bella, tensa, se puso a recorrer el departamento recién tímidamente habitado. En el otro dormitorio encontró una cama deshecha que le permitió sí olvidar sus anteriores dudas y sumirse en nuevos interrogantes. ¿Quién? Alguien había dormido allí ¿quién? ¿Otra mujer? ¿Una mucama? (No, había dependencias de servicio.) ¿El mismo Pedro con algo de miedo o respeto, cuando se encontraba solo, por su cama gigantesca? Le causó gracia pensar a Pedro sintiéndose solo en medio de su gran cama de sábanas azules. Pedro a la deriva.

Quizá para olfatearla un poco Bella se sentó en la camita deshecha y siguió interrogándose. ¿Con quién habría estado su Pedro, quién era en realidad su Pedro? ¿Su Pedro, de ella? Sólo sabía de él lo poco que él se dignaba informarle. Y eran más bien anécdotas, trocitos de vida atrapados en lo imaginario, historias del tío Ramón que Pedro le entregaba quizá porque eran lo más íntimo que tenía para darle. ¿Y el otro, el Pedro embajador, el hombre de mundo, el que ataba y desataba y quizá sólo era capaz de acercarse a Bella como un espectador más? Espectadora ella, en todo caso. Fisgona de secretos que iban más allá de los celos.

Sobre la cama entre sábanas dormidas vaya a saber por quién

¿algún refugiado político? ¿uno de los tantos asilados?

Bella quería enterarse de la verdad, saber por fin todo de Pedro. De golpe pensó en las mujeres del mercado a pocas cuadras de allí, mujeres acuclilladas, esperando, siempre esperando, y sin notarlo también ella se instaló en cuclillas sobre la cama, apoyada contra la pared. Soy una mujer del mercado, cómpreme, marchantita, este montoncito de semillas, mis papitas, un puñado de frijoles. ¿Vender es la verdad? La verdad es tan sólo permanecer allí viendo pasar la vida. Sólo que al estar sentada en actitud pasiva de mujer de mercado que ve pasar la vida, Bella pensaba en los otros sentados en actitud pasiva frente a ella viéndola ver pasar la vida y así al infinito. ¿Quiénes ven, quiénes son vistos? ¿Quiénes ven el ser vistos, quiénes son vistos viendo, quiénes vieron esa cama, con quién encima? ¿Quiénes? ¿Se miraron a los ojos, se acariciaron?

Las mujeres del mercado no piensan en estas cosas. Stop. Las mujeres del mercado se acoplan y basta, no andan perdiendo el tiempo preguntándose quién habrá dormido en cierta cama y si durmió en compañía.

Para ahuyentar las ideas peligrosas fue que Bella puso la cabeza entre las rodillas, después no pudo resistir la tentación y ¡ops! dio una vuelta carnero que no le salió carente de gracia y que le dejó de saldo una sábana enroscada al cuello. Una sábana blanca, es decir una toga. Et tu, Brutus? Et tu? Salió del cuarto arrastrando la toga. Et tu? Con parsimonia llegó hasta la otra cama, la insondable, y siguió con el Et tu? enrostrándole a Pedro sus posibles traiciones. El abrió un ojo de mala gana.

–¿Qué haces allí, a los hipos?

–Maldito, apátrida, desamorado, seco. ¿Acaso no ves que soy el César y que me estás matando?

–Pero te estoy matando dulcemente, no me lo puedes negar. Tengo una daga amable, redondeada, y tú nunca te quejas cuando te penetra, en fin, disculpando su rostro honrado. Pero será para más tarde, porque ahora necesito descansar, por una vez que puedo hacerlo. Se trata del conocido reposo del guerrero.

X

De la representación a la verdad, del simulacro al hecho. Un solo paso. El que damos al saltar de la imaginación hasta este lado ¿qué lado? el de la llamada realidad, la Tan Mentada que nos hace jugarretas y ahí estamos oscilando como títeres colgaditos de un hilo. Si vuelvo a mi país y me golpean, me va a doler. Si me duele sabré que éste es mi cuerpo (en escena me sacudo, me retuerzo bajo los supuestos golpes que casi casi me hacen doler ¿es mi cuerpo?). Mi cuerpo será, si vuelvo. Éste que aquí toco, tan al alcance de mi mano. Cuando le arranquen un pedazo será entero mi cuerpo. En cada mutilado pedacito de mí misma seré yo. Y así lo represento y representando, soy. La tortura en escena, la misma que tantos están sufriendo, la que quizá me espere en casa cuando vuelva. Porque en mi casa el miedo. La mía es ahora la casa del miedo y esta ciudad, casa de la esperanza.

Esperanza, algo que no siempre la acompañaba por las calles, que a veces se agazapaba tras los telones mientras Bella recorría la ciudad desconocida.

A la salida de la representación en el anfiteatro de la Universidad Nacional, Bella y su público descubrieron que se había largado a llover con furia. A cántaros, dijo Bella. ¿Qué? preguntaron ellos. Gatos y perros, insistió Bella, ¿De qué hablas? preguntaron ellos. De la lluvia. Gran cosa, se asombraron ellos... vamos a continuar nuestro diálogo, hay tantos aspectos de tus propuestas teatrales que nos interesan. Vayamos a la cafetería a platicar a gusto.

No, no, no, se escapó Bella alarmada. Hoy no puedo, lo dejamos para la próxima. Hoy tengo otro compromiso.

Todos aceptaron medio de mala gana salvo unos ojos oscuros que no parecían decididos a renunciar a ella. Bella tampoco hubiera renunciado, no, en algún otro momento y en algún otro rincón del mundo. Pero allí y entonces la esperaba una misión más acuciante: buscar un teléfono, bajo la lluvia. Llegó por fin a la secretaría de la universidad y la dejaron sola en una oficina con el teléfono a su entera disposición. La ansiedad ya la estaba devorando cuando por fin logró discar el número de Pedro.

Él le había dicho Llámame después de la representación, quizá podamos tomar un café juntos, sólo un ratito, debo terminar el informe y asistir a una interminable serie de entrevistas. Igual llámame.

Había sido una concesión, no un pedido, pero Bella dejando de lado su natural prudencia se dejó llevar por las ganas de estar con él y sentirse protegida.

–Bella, dime ¿ha sido un gran triunfo, no?

–Sí. Un gran triunfo, un gran triunfo.

–Me alegro tanto. Estaba seguro de que te iría espléndidamente bien. Ahora podrás dormir tranquila.

–Con vos.

–Eso no sería tan tranquilo. Lo que necesitas ahora es un buen descanso. Y yo tengo que salir dentro de un rato para entrevistarme con el ministro.

–Pedro. Dejate de hablarme con mayúsculas. Sólo necesito verte un minuto. Voy para allá y te dejo enseguida. Ando necesitando un masaje, estoy muy tensa.

–Tengo las manos ocupadas con la máquina escribiendo el maldito informe. Sólo podría darte el masaje con los pies. No sería muy galante.

–Pues que sea con los pies, Pedro. Aunque no dejaré que nadie se entere, para que después no anden diciendo por ahí que todo lo hacés con las patas.

–Claro, como el sapo aquél que cruzó mi tío Ramón cierto atardecer, en el bosque. Cuenta mi tío Ramón que el sapo estaba mirando con fascinación a una luciérnaga que se encendía y se apagaba, se encendía y se apagaba. Largo rato la anduvo mirando y mirando como enternecido, poeta el sapo, no más, hasta que de golpe le saltó encima a la pobre luciérnaga y la pisó. ¿Por qué me pisas? oyó mi tío Ramón que le preguntaba la luciérnaga al sapo, en un hilito de voz. Y tú, le preguntó a su vez el sapo ¿por qué reluces?

Crac.

No fue croac, el canto del sapo, ni el reventar de la luciérnaga ni nada referente a la fábula. Fue la muy vil y material comunicación telefónica que acababa de cortarse, haciendo sentir a Bella como en su casa.

Le costó un buen rato restablecer la llamada, y cuando por fin Pedro volvió a levantar el tubo ella se identificó:

–Hola. Aquí la luciérnaga.

–Aquí el sapo.

–¿Por qué me pisas, Pedro?

–Y tú ¿por qué reluces?

–Aj, repugnante machista, así te quería agarrar, infame, incapaz de aceptar el éxito de una pobre indefensa mujercita, como decía la otra. Todos los hombres son iguales, ya te explicaría hasta qué punto son iguales todos los hombres si no fuera que me acabo de dar cuenta de algo mucho más sutil que tu muy notorio machismo.

–¿Puede haber algo más sutil?

–Y cómo ¿sabés quién tiene la culpa de que cayera la policía en casa? Vos. Por todas tus historias del tío Ramón y demás delirios: mensajes cifrados. Todos mensajes en código que nos hemos estado pasando por teléfono, señor embajador, claro que sí. Usted me decía Cuando mi tío Ramón... y eso significaba que yo debía entregarle un importante documento sobre la guerrilla o algo parecido. Y si se llegaba a mencionar la palabra cama, ni hablemos. Las implicaciones altamente subversivas eran obvias.

–Por supuesto. Sólo quisiera agregar, estimada señora, si me está permitido, que también usted ha traído perturbaciones altamente perturbadoras a mi vida.

–¿De índole laboral?

–En absoluto.

–Entonces necesito verlo de inmediato para que juntos decodifiquemos el mensaje.

–Imposible. Ha sonado la hora del Ministro.

XI

El retorno prohibido, como un boxeador al que se le prohíbe la trompada. Y Bella que no pensaba dar golpe alguno, tan sólo la ínfima nota de su presencia rebelde en su ciudad, en su casa de la que habían logrado cortarla sin previo aviso.

Suspendida entre dos aguas se sentía, comprendiendo por fin a fondo a aquellos que había dejado atrás encerrados en la residencia sin siquiera la presencia tranquilizadora del embajador. Ella también, sintiéndose encerrada en una ciudad desconocida sin poder ver a Pedro, ocupado como estaba o como decía estar con sus asuntos. Bella vagaba entonces por las calles sin detenerse ante las viejas casonas, las plazas, sin querer encariñarse. Con un vasto tiempo inútil entre manos porque era tiempo de desesperación y de impotencia.

Por fin se decidió a llamar a Aldo, cosa que la dejó más frustrada aún a fuerza de perífrasis y de rodeos en un intento de decirse algo por encima del control establecido sobre las comunicaciones internacionales.

Mirá, le dijo Aldo, si tenés un buen trabajo allá quedate, no vengas, acá la situación económica está pésima, hay mucho desempleo. Pero no, no me entendés, no tengo un buen trabajo y quiero volver a toda costa. No, no, ni se te ocurra ¿me oís? no vengas, cualquier trabajito que puedas tener allá es mejor que lo que conseguirías acá en este momento; acá no conseguirías nada, todo lo contrario. ¿Y los amigos cómo están, qué pasó después de esa fiesta que hubo en casa, esa que me contaron? Todos bastante bien, fue una fiesta agitada pero sin resacas, los amigos están bien, no te preocupes, con menos ganas de seguir divirtiéndose pero bastante bien en conjunto. ¿Y la casa cómo quedó? Limpita, podés estar segura, no se rompió nada, todo igual; hubo algún problema con los vecinos, claro, pero eso ya está arreglado. ¿Seguro? Seguro, olvidate de esto y aprovechá esa gran oportunidad que se te brinda para tu carrera.

Cuando por fin pudo encontrarse con Pedro le narró la conversación y también le transmitió su angustia.

–No puedo permitir que me asusten de esta manera y me corten de mi vida. Creo que están tratando de ahuyentar a toda la gente que piensa, por poco que piensen. No les voy a dar el gusto, voy a volver.

–Puede que no llegues más allá del aeropuerto. No te olvides que hay listas.

–Macanas. No tienen cargos contra mí.

–Como si eso los detuviera.

–Peor es estar acá angustiándome sin sentido. Mejor vuelvo y averiguo exactamente qué pasó. Quizá fue sólo un operativo rastrillo, quizá cayeron en casa como hubieran podido caer en el departamento de al lado.

–Bella, debes tener conciencia del peligro. Nadie está a salvo en tu país, no puedes ser impulsiva. Déjame actuar a mí, la gente de la embajada está tratando de averiguar exactamente cómo fue ordenado el allanamiento, ya veremos más claro. Por ahora no debes preocuparte de nada, tómate unas vacaciones. ¿Estás bien en el hotel? Si no te buscamos una casa de amigos donde te sientas a gusto.

–No seas superficial, Pietro, no seas pétreo. No se trata de un asunto práctico, se trata de un sentimiento de impotencia que me asfixia.

–Déjalo por mi cuenta, la impotencia también es cosa de hombres. Ya vamos a ir arreglando todo, con tiempo, y entonces vendrá un Mensajero y te comunicará que puedes volver sin ningún peligro. Es cuestión de paciencia con los Mensajeros, pero también hay que estar alerta y no dejarlos pasar cuando cruzan nuestro camino. Bien que lo sabía mi tío Ramón, los reconocía bajo cualquier disfraz con que se presentaran y les abría de par en par las puertas de su casa. Si llegaban en horas de comida los sentaba a la mesa y los hacía comer, aunque no tuvieran hambre. Claro que los Mensajeros de entonces siempre estaban hambreados y por eso creo que iban por demás a menudo donde mi tío Ramón, para deshambrearse, no para transmitirle secreto alguno. Porque los verdaderos Mensajeros son eso, Mensajeros del secreto. Portadores aunque ellos mismos lo ignoren y mi tío Ramón sabía interpretarlos. Todo era un ir desarticulando el secreto, para mi tío Ramón, todo era un ir sabiendo como sin querer, a contrapelo.

Ahora sí que estoy dando mi primer paso hacia la ciénaga, comprendió Bella. Ahora mi primer paso soy yo, enterita, entro y sé que no podré retroceder, ya no, no retrocedo porque las arenas movedizas de ahora en más me rodean y me atrapan. Me abrazan. Antes era yo la arena movediza pero ahora son ellas las que me circundan y me configuran. Con el tío Ramón de por medio y mediante, mediador de la fábula, ya nunca más sabré dónde estoy parada.

Sólo sabré –si sé– que tengo miedo, ahora que estoy descubriendo los peligros de despertar ese perro que duerme. ¿Entonces? Avanzar cuidando muy bien de no remover la superficie plana. No enmarañar, ni mezclar, no pretender meterse en honduras porque ya estamos en honduras; andar con pie de plomo para lograr mantenerse en el fondo, casi sin respirar, sin largar burbujas delatoras. Sólo que el tío Ramón, cuando llega, lo remueve todo: el tío Ramón es una puerta que se abre, es la entrada a la tentadora ciénaga, es transparencia que se la traga a una.

XII

Para cerrarme caminos me los cierro yo misma, no necesito que las fuerzas de la represión me hagan saber que no puedo retornar a casa, decretó por fin Bella y Pedro no pudo impedirle el regreso. Sólo pudo convencerla de llegar unos días después que él, la fue a buscar al aeropuerto y logró que se instalara en casa de Mara a la espera de que se aclarara el panorama.

Y Bella poco a poco fue olvidando los peligros y volviendo a engancharse en su atracción por Pedro. Estaban por fin libres para encontrarse a gusto, con madame la embajadora en tierra de sus mayores: la pobre no tolera más las tensiones en este país, parece que aclaró Pedro. Poco se sabe de ese período que duró más de seis meses.

Porque libres estaban para encontrarse, pero totalmente amordazados en materia narrativa. Ahora que por fin están juntos la libertad de narrar se les agota. ¿Sólo podrán escribirse los tiempos de angustia? Pero la angustia no se aplaca nunca: están juntos y la angustia corre por otros canales que sólo logran verbalizar cuando consiguen congelarlos en anécdotas. Pedro le cuenta a Bella

–Date cuenta qué tiempos alienantes. El otro día me llegó un paquetito rectangular por correo, envuelto en papel blanco sin remitente. El perfecto Objeto Sospechoso. Los custodios de inmediato se negaron a entregármelo y lo abandonaron en el fondo del jardín para que explotara bien lejos. Pasó la noche y nada. Así que esta mañana llamamos a la brigada antiexplosivos que llegó enseguida con el camión jaula, metiendo gran alharaca, y un hombre disfrazado de apicultor tomó el paquetito y lo calibró y lo auscultó con un estetoscopio y por fin decidió hacerlo detonar. Lo plantaron frente a un árbol y pam, pam, dos balazos. El paquete, como si nada, por eso decidimos desenvolverlo con precauciones extremas. ¿Y qué había dentro? ¿Una bomba, polvillos venenosos? No. Fotos. Diapositivas de la familia enviadas por mi mujer. Aparentemente fueron inspeccionadas en el correo y después nuevamente envueltas en un papel común, con el triste resultado final de un par de balazos que atravesaban las diapositivas por el medio. No quedó nadie de mi familia, sólo mi tío Ramón, muerto de risa.

Y los pobres asilados contemplando el incidente desde las ventanas altas, sin saber muy bien a qué atenerse. Sin saber del aspecto farsesco que tanto divertía al embajador.

Ya casi no se habla de ellos, quizá poco con ellos. Los conocidos de Bella obtuvieron por fin el salvoconducto, no así el pez gordo y cuatro o cinco más que eran figuras clave en la política de oposición. Se habla muy poco de ellos en estas crónicas de Bella y Pedro, sólo aparecen mencionados de refilón en alguna frase que quedó registrada por motivos más irónicos que ideológicos.

–Ay, señor embajador, es usted un hombre tan fino, tan charmant. Quién hubiera dicho. Menos mal que lo conocí en este cóctel y tuvimos oportunidad de conversar un rato. Porque si nos cruzamos en la calle yo no lo saludo, le doy vuelta la cara: ¡con esos personajes excecrables que está usted amparando en la embajada, bajo su propia ala!

Típico comentario de las señoras engalanadas, esposas quizá de militares (de la antigua escuela, dirán ellas). Estas señoras no tienen problemas con lo inmencionable. No tienen idea de las leyes de asilo. Ni de las otras leyes, las leyes del corazón que establecen incontrolables atracciones. Por eso alguna vez le señalaron al señor embajador

–Señor embajador, qué extraña esa muchacha que suele aparecer con usted. Es tan subversiva en sus juicios ¿no pertenecerá a algún grupo sedicioso?

–No, estimada señora, le puedo asegurar que no. La subversión es ella misma, es apenas una gran acumulación de irreverencias, en todo su sublime esplendor.

Y Bella que no podía en aquel entonces actuar en público para no exponerse demasiado, se exponía en estas fiestas diplomáticas. Una forma como cualquier otra, se explicaba, de seguir con la representación. El espectáculo debe continuar, se decía, y para el espectáculo se preparaba, en esas noches, reacomodando sus humildes galas y usando sus últimas gotas de perfume francés. Sólo podía dictar unos talleres muy privados y las ganancias eran magras, apenas para seguir subsistiendo. Pero las luces de esas absurdas recepciones diplomáticas a las que la llevaba Pedro actuaban de candilejas, y Bella podía representar a gusto sus papeles más frívolos.

XIII

Otros roles aguardaban a Bella cuando se alejaba de Pedro. Bella entonces, como un puente lanzado entre dos angustias ajenas y atenazantes, que le exigían todo en su calidad de puente.

Tratábase de un puente para atravesar el horror y llegar a esa salvación llamada asilo. Puente. Con Pedro de pivote y Bella como intermediaria.

Los que ya están dentro le ruegan que interceda ante el embajador para que los saquen de allí. Y Bella sabe muy bien que no es cuestión de Pedro ni de su gobierno, que ellos hacen lo que pueden y pueden tan poco. Y lo explica, y trata de calmar los ánimos. Y todo esto no aparece en las crónicas.

Tampoco aparece la otra punta del puente: Bella en el mundo exterior a la embajada asistiendo a entrevistas clandestinas, oprimida por todos esos pedidos de asilo a los que ni el embajador puede responder.

Bella empezó a correr el amor por las calles de la ciudad como si eso fuera lo único posible, correr y correr, dispararle a todo, no dejarse envolver por redes tan pesadas. Sólo por Pedro.

Si Pedro estuviese alejado de la diplomacia, si fuese un tipo cualquiera con el que se pudiera estar sin necesidad de enredarse en situaciones políticas y hasta protocolares. "¡El protocolon!" se quejó más de una vez Bella, "qué caca".

Pero la broma no siempre diluía las tensiones.

No. Por las calles a veces alcanzan a Bella las tensiones, y tienen cara, cara desesperada que necesita encontrar refugio en la embajada, y sólo Bella puede ayudarlas.

Los que están dentro quieren salirse ya de ese precario asilo, pasar a la verdad del exilio. Los que están fuera desesperadamente necesitan entrar, cuestión de vida o muerte.

A todo esto está atenta Bella, y también atenta está a los peligros mientras camina por las oscuras calles arboladas a altas horas de la noche, a su salida de la embajada. Tratando de asegurarse de que no la están siguiendo, acechando el posible murmullo de pasos a sus espaldas, escrutando las sombras, eligiendo las calles de sentido contrario para detectar cualquier coche sospechoso.

Cuando la sospechosa es ella, a todas luces, ella quien infringe las leyes para armar el incierto andamiaje del deseo.

Asistida por Pedro, claro está, como queda probado en cierta escena después de cierta noche íntima en la residencia.

A llegar la madrugada Bella lo sacudió con desesperación.

–Despertate, Pedro, tengo que irme.

–Tantos que quisieran entrar acá y tú queriendo partir. Quédate, mi linda.

–No compliquemos más las cosas. Acompañame no más hasta la puerta y después te volvés a la cama y seguís durmiendo. Sabés que no puedo ir sola a enfrentar la guardia.

–Es tan bello, Bella, estar contigo, dormir contigo, es lo único que me alegra la vida –y empezó a vestirse canturreando: Bella la bella que me alegra la vida. Y siguió cantando escaleras abajo, y cantó también al abrir la puerta de la mansión y descubrir que en el jardín del frente los custodios brillaban por su ausencia. Bella la vida con Bella. Y sin los guardianes, sin la policía del otro lado de la verja. Nadie. Encendió entonces todas las luces y fue bailoteando y cantando hasta la reja y abrió de par en par los portones de hierro y se alejó bailando por la calle.

–Que se embromen los custodios, que se embromen los custodios, que se embromen se embromen –canturreaba moviendo los hombros al compás–. Que se embromen los custodios, obá.

Bella lo alcanzó a la media cuadra.

–Pedro ¿a dónde vas? Cerrá el portón.

–Que se embromen los custodios por no estar en sus puestos de guardia. Es glorioso mi Bella,

¿te das cuenta? Esta noche de luna, de hermosa, cálida luna, heme aquí con los brazos abiertos, las puertas de par en par para recibir a quien sea. Entrarán todos en tropel, Bella. Dejad que los refugiados vengan a mí. Que entren, que entren ¿cómo podría impedirlo si los guardias se han ido?

Pero las calles estaban desiertas y nadie pudo aprovechar el momento.

Sólo a Bella le fue útil.

No es mala idea, parece que se dijo.

XIV

¿Quién le habrá narrado todos estos hechos y palabras a quién? ¿En qué momento? ¿Dónde? ¿Cuál será la intervención del tío Ramón en esta historia? Aquel que nunca existió, la incursión de la fábula en el miedo y también la fábula para paliar algo tan inquietante como podría llegar a ser el amor fuera de programa.

Pobre embajador. Quizá para recuperar su norte fue que le mandó a Bella la carta. No una invitación esta vez, todo lo contrario: una suerte de lacre.

La escena se repitió al revés en la vida de Bella, ese juego de espejos desfasados. Esta vez no estaba ella limándose las uñas o afilando arma alguna. Entregada a la introspección, estaba tratando de recomponerse interiormente sabiendo que todo es un recomienzo sin mirar hacia atrás, alisando los pliegues. Acariciando la duda. Y sí, quién diría, acariciando dudas Bella, la segura de sí, la íntegra.

Si hay lugar para la duda quiere decir que hay lugar y eso es lo bueno, se consoló Bella. Y enseguida agregó: más vale tener cabida, estar abierta a lo que venga. Porque la duda no puede ocupar todo el espacio, la duda como tal es elástica, proteica. Se abre de brazos, la duda, y permite la entrada a la imaginación y al asombro, los grandes alimentos. O se contrae y entonces de inmediato el espacio es copado por el miedo. Y el miedo deteriora. Por eso hay que acariciar la duda, nutrirla a diario. Digamos que el poder no duda, si hay alguien que no duda ésa es la gente del gobierno, los que tienen cl poder entre manos. La duda hace sufrir, la certidumbre nos impulsa a hacer sufrir a los otros.

Compleja cavilación que fue interrumpida por la campanilla del timbre. Y una vez más frente a la puerta de Bella un muy gris mensajero esta vez reconocido con mayúscula, emisario del desastre. El sobre ostentaba el escudo dorado en la solapa y al frente la mano inconfundible de Pedro. Su estilo en el contenido:

> Cuando mi tío Ramón vivió en los Estados Unidos conoció a una gringa. Era negra. Creo que llegó a quererla aunque él nunca dijo nada. Poco hablaba de amoríos.
>
> Regresó a su pueblo solo, seguramente triste.
>
> Con el tiempo y la distancia fue burilando sus recuerdos. Un día alguien le dijo: "Oye, Ramón ¿y cómo es los Estados Unidos?".
>
> Se quedó pensando un rato como juntando memoria.
>
> "Mira", dijo. "Los Estados Unidos es una negra rodeada de muchos carros y de muchas casas de mampostería."
>
> Tal vez yo estaba poseído por el espíritu de mi tío Ramón cuando me preguntaron ayer por larga distancia cómo era este país.
>
> "Mire", contesté. "Este país es Bella rodeada de mucha gente y de muchas calles arboladas."
>
> Quedó un rato en silencio el ministro.
>
> "Embajador" me dijo por fin, "creo que ese destino lo está trastornando. Es hora de que regrese".

Así que dentro de pocas semanas me vuelvo a mi tierra.

Y *yo*, gritó mudamente Bella sin siquiera leer la frase de saludo. Y *yo*. Sintiéndose desgarrada. Como si le hubieran cortado algo. Pensar que en más de una oportunidad le había hecho saber a Pedro: cuando mencionás al tío Ramón me lleno de cosquillas, es como si abrieras una puerta.

Con esta carta la puerta se cerraba, y aunque ella pudiera pasar del otro lado nada seguiría siendo lo mismo. Mejor entonces intentar ponerle el pie, a la puerta, tratar de impedir que se cierre del todo aunque corriera el riesgo de perder el pie en el intento.

Tomó el teléfono para llamar de inmediato a Pedro y gritarle toda su frustración y su rabia, pero se quedó con el tubo en la mano, congelada en ese primer impulso.

Lo cual no me asombra. ¿Qué podía decir por teléfono? Y no sólo por razones prácticas, sabiendo que todas sus conversaciones con el embajador eran grabadas minuciosamente. También por lo otro, aquello que de todos modos nunca podría expresar porque pertenecía a la dimensión de lo inmencionable, aquello que ni ella misma lograba reconocer para sí. Algún papelito de éstos lo atestigua.

Cuando se dice lo que no se dice, lo que no puede ser dicho. Yo subo a escena y mi cuerpo dice por mí lo que yo callo. Pero la escena me ha sido vedada por ahora y no puedo expresarme. Nada puede ser dicho porque no hay palabras para contradecir mis gestos, porque una mueca sarcástica o una risa o una máscara cualquiera le quitará valor a mi furia y la volverá doméstica. No son éstos tiempos para permitirse la pasión o el deseo, esos lujos

ésos no eran tiempos, pero ¿cuáles son tiempos? Quizá no haya otros para Bella.

Fue Pedro quien intentó la comunicación. La pasó a buscar con su gran coche, la llevó a comer a un restaurante de moda y frente a quien quisiera observarlos le tomó la mano sobre la mesa.

–No me lo reproches, Bella, esto para mí es un fracaso. No he podido hacer nada de verdad por todos los que necesitan ayuda. No puedo sacar del país a los que están refugiados en la casa, no puedo hacer entrar a nuevos asilados, me he quedado sin posibilidad de acción y por eso me trasladan, para ver si un embajador militar puede restablecer el diálogo con el gobierno local. Pero no tengo derecho a agobiarte con estos pormenores. Lo importante es decirte que quisiera que vinieras a mi país,

Bella. Allí ya te conocen. Estoy seguro de que tus talleres de teatro tendrían un éxito enorme. Nos hacen falta artistas como tú, y a mí me harías muy feliz.

–A vos puede ser, pero a tu tierna mujercita ¿la haría feliz, acaso?

–No la toques. Ella está en otra escala.

–Claro. Yo en la escala de Richter y ella en la de Mercalli.

–No. La de Richter, la de Mercalli, son tuyas. Eres la medida de todos mis temblores. A pesar de lo cual te daría una buena mano.

–Dejate de embromar, Pedro. Vos sabés que no me puedo ir, y menos así. Elegí las representaciones unipersonales porque no quiero pertenecer a ningún elenco. No voy a ir ahora a formar parte de tu elenco.

Además siento que acá puedo ser mínimamente útil. Pedro no era de los que insistían. Prefirió cambiar de tema quitándoles toda trascendencia a sus anteriores palabras.

–Entonces ésta corre el riesgo de ser una despedida a fuego lento, un asado con cuero al mejor estilo local. No nos dejemos achicharrar, Bella, demos vuelta la suerte, la taba, la pisada, el espejo, lo que fuera que hay que dar vuelta para cambiar el curso de los acontecimientos. Me ha llegado el turno de darte a ti una fiesta en la residencia. Mi fiesta de despedida será tuya, invitarás a quien te plazca, todos los invitados serán tus invitados. Nada de proctocolos, como dices tú, esta vez en la embajada, vendrán tus alegres amigos y daremos por fin una fiesta de verdad, con gran baile. La casa es tuya, tuyo es mi corazón o mejor dicho mi hígado, asiento de las pasiones según los griegos, tuyo mi hígado porque vamos a beber hasta morirnos. Hay que acabar con la bodega. No les dejaremos ni una botella a los embajadores militares que vendrán a embajodernos.

Y esa noche Bella quedó atrapada en la fascinación de la fiesta. Esa noche el proyecto de la fiesta –magnífica excusa para no pensar en la separación– brilló en todo su esplendor y Bella se sintió precariamente consolada. Al menos ya no hay dudas, se dijo. Por el momento. Sólo hay una necesidad de borrar a Pedro. O no. Aceptarle al sueño su calidad de sueño y aplazar la vigilia. Tío Ramón, socorro para aplazar la vigilia. Pero saber que después habrá que despertar de una vez por todas. Para siempre. Despertarse después de la fiesta. Como corresponde.

XV

Y bueno, si es así, parece haberse dicho Bella, si algo es todavía mío, le estamparé mi sello. Y con treinta invitaciones en la mano, equivalentes casi a treinta pasaportes, decidió por fin asumir el papel protagónico.

El tan esperado día de la fiesta de Bella llegó por fin. El Embajador despidiéndose de la Actriz a la vista de todos. Y la actriz estaba más bella que nunca, más radiante y compuesta. Y su público la aclamaba. Un público algo extraño que el embajador no reconocía mientras Bella lo iba presentando y dándole los nombres. Muy protocolares, actriz y embajador estaban sobre la breve escalinata del frente de la mansión, saludando y saludando a los invitados a medida que iban llegando. Ante los portones de entrada, los custodios cuchicheaban su desprecio al recibir las invitaciones para su inspección. Qué mal gusto el de este embajador, se decían, reconocer públicamente a su amante. Y mirá los amigos que tiene ella, ni saben vestirse. Venir así a una fiesta diplomática, y algunos hasta con niños. Dónde se habrá visto. Estas actrices.

Y Bella, toda dorada, reflejos en el pelo, informales galas hindúes también doradas, iba contestando las preguntas de Pedro entre una y otra presentación.

–No, Mara se disculpó, qué lástima, se siente muy mal la pobre, no va a poder venir, está con una gripe bárbara.

–Aldo tampoco va a poder venir. No dijo por qué, vos sabés lo misterioso que se pone cuando quiere. Los Baremblit están de viaje. Éstos son todos viejos amigos de la infancia, hace tanto que quería reunirme con ellos. Los últimos que entraron son compañeros del teatro. Aproveché para invitar a toda esa gente que de otra forma uno no puede ver nunca.

–¿Estás segura, Bella?

–¿Segura? Nunca lo he estado más en mi vida.

Mientras se iba desarrollando la fiesta, en el mundo exterior empezaban a correr rumores de un operativo rastrillo: casa por casa eran pasadas por el cedazo en busca de probables opositores al gobierno.

En la residencia, a salvo de los rumores, sólo corrían los litros de champán y todos festejaban emborrachándose con un sentimiento de libertad ya casi olvidado. Poco a poco todos los invitados iban aflojando sus tensiones, unos también se aflojaban las corbatas, algunos se quitaron un saco que les quedaba demasiado estrecho, como si no les perteneciera, algunas mujeres en el jardín se sacaron los zapatos de taco alto para sentir en los pies la frescura del pasto recién cortado.

Bella iba de un grupo a otro, sonriente, copa en mano, pero casi no intercambiaba palabras con ellos, apenas breves risas tranquilizadoras. Los mozos no se cansaban de pasar bandejas cargadas de copas y de bocaditos y por fin Pedro decidió que había llegado la hora de empezar el baile e invitó a todos a volver a los salones.

–Vamos a bailar, vamos a vaciar la bodega. Esta noche es para siempre.

Tomó a Bella entre los brazos para arremeter con un tango, a su manera, y parecía que la estuviera cobijando. Le dijo:

–Llamó Celia para disculparse porque no puede venir. Tuvo un compromiso urgente, pero me pidió que te deseara una feliz fiesta, y yo hago lo que puedo, como ves. Hago lo que puedo para hacerte feliz en esta fiesta.

–¿Qué más dijo Celia?

–Nada. Que todo estaba perfectamente bien, que no te preocuparas. Esas frases.

–¿Por qué no me llamaste al teléfono?

–Se cortó la comunicación antes de que termináramos de hablar.

–¿Le habrá pasado algo?

–No, mujer. Hablaba de un público, se quedó sin monedas.

–¿Estás seguro? ¿No sonaba preocupada?

–Preciosa, la preocupada eres tú. Si hasta le ofrecí enviarle el coche para que viniera un ratito, aunque fuese.

Uno de los invitados los separó para ponerse a bailar con Bella, cortes y quebradas y algo susurrado en una sentadita. Pedro bailoteó solo unos minutos y para el próximo tango se consiguió otra pareja, una interesante desconocida que parecía estar incómoda en sus brazos.

Cambió, el ritmo, con la música tropical todos se separaron y Bella pudo finalmente recuperar a Pedro.

–Pedro, si vas a mandar el coche, por favor pedile al chofer que saque un par de bolsos que metí bajo el asiento. Traje unos papeles que quiero dejarte y un pantalón y una blusa por si me quedo a dormir. No quería que la guardia los viera.

Y siguieron bailando y ninguno de los dos volvió a abrir la boca porque lo que tenían que decirse en realidad era tan profundo que les resultaba imposible modular las palabras.

Gracias a la música a todo volumen y a las abundantísimas libaciones el baile resultó un acto de liberación colectiva. Poco a poco todos fueron sintiéndose como en casa, esos seres extraños que Bella le había presentado cuidadosamente a Pedro y que Pedro no lograba reconocer. Todos hermanados en el baile y Pedro y Bella en el centro de la gran rueda reparadora. Hasta los cinco o seis niños que habían ido acompañando a sus padres bailaban, bailaba la mujer embarazada y la madre con su bebé en brazos, y el viejo profesor también bailaba, a los suaves brinquitos pero integrándose al movimiento de los otros.

El mismo disco comenzó a repetirse automáticamente hasta que empezaron las defecciones y unos se fueron desplomando en el primer sillón que encontraron y otros ocuparon los sofás, los divanes, o se fueron estirando sobre las alfombras y volvieron a los tragos.

Bella se arrellanó en un sillón profundo, Pedro fue a instalarse en el piso a su lado y despreocupándose quizá para siempre de la absurda discreción le sacó delicadamente la sandalia y se puso a acariciarle el pie. Bella a su vez empezó a acariciarle a Pedro la cabeza y a despeinarlo, con suavidad primero, después con ganas, alborotándole el pelo y a veces tironeándoselo un poco porque ese gesto le hacía retornar a los principios, revivir hacia atrás los largos meses pasados con Pedro hasta aquella noche en ese mismo lugar, cuando improvisó el loco monólogo de las melenas moras que la había arrastrado hasta este desenlace.

Y allí estaban ellos dos, acariciándose, rumiando recuerdos en medio de un grupo de seres agotados, entregados, Bella sin encontrar la forma de reanudar el diálogo y Pedro empezando a sospechar que quizá ya estaba todo dicho, las cartas sobre la mesa. Fue como si las caricias empezaran a extenderse y una rara calma inundó la sala. Los niños se quedaron dormidos, algunos se pusieron a fumar muy lentamente, estudiando el humo, todos sin decir palabra, ni un sonido después de tanta música atronadora. Era tan bueno estar así en suspenso, como metidos dentro de la burbuja de un suspiro.

El jefe de la guardia reventó la burbuja. El duro paso de sus botas trituró la beatitud y sus palabras que podían haber sido totalmente inocuas produjeron un inexplicable revuelo.

–Disculpe, señor embajador, pero traigo órdenes de evacuar la residencia. Los invitados deben partir de inmediato, lo siento mucho. Ha llegado la hora del cambio de guardia y mis hombres de refuerzo no tienen relevo. No habrá custodia suficiente, insisto. Sus invitados deben partir.

Todos se pusieron de pie al mismo tiempo, alarmados, y Pedro se adelantó unos pasos porque por fin sabía. Los demás se replegaron a sus espaldas, sólo Bella se mantuvo a su lado, decidida, y avanzó con él hacia el jefe de la guardia y quizá fue la única que oyó a Pedro decir –De aquí no sale nadie– porque en ese preciso instante sonó el silbato y los guardias armados que seguramente estaban agazapados tras las puertas irrumpieron en la sala desde distintos ángulos, en tropel, y en la confusión las inmunidades diplomáticas fueron desatendidas y se oyó un único disparo.

Bella comenzó su lentísima caída y Pedro no encontró fuerzas para sostenerla, sólo pudo abrazarla e ir acompañándola hacia abajo. *Y con la boca pegada a su oído empezó a narrarle esta precisa historia:*

–Cuando mi tío Ramón conoció a una actriz llamada Bella...

La palabra asesino

Ella merodea por la vida en busca de una respuesta. Las respuestas no existen. Ella sólo logra preguntas pésimamente formuladas que al final la dejan en carne viva. Ella comprende que para saber hay que dejarse herir, hay que aceptar lo que venga en materia de información, no negar la evidencia, conocer y conocer y meterse en profundidades de las que quizá no se vuelva. Allí donde no caben las vacilaciones.

Cabe el deseo.

El deseo cabe en todas partes y se manifiesta de las maneras más insospechadas, cuando se manifiesta, y cuando no se manifiesta –las más de las veces– es una pulsión interna, un latido de ansiedad incontenible.

Él no oculta nada, más bien revela en exceso. De entrada no más le dijo

–Tengo 28 años y he vivido 6. El resto del tiempo lo pasé en instituciones. Ahora espero recuperar

los años de verdadera vida que la vida me debe.
Otras cosas también le dijo en ese primer encuentro, después de haberse mirado demasiado intensamente si nos atenemos a las normas sociales en vigencia. Ojo a ojo, un mirar hacia dentro que ambos tuvieron el coraje de sostener sin agachadas. Pero sin desafíos. Un reconocimiento mutuo.

Después la aclaración: instituciones, es decir hospitales, reformatorios, cárceles, el ejército; esas barreras. Y ella no sintió la necesidad de preguntarle por qué le estaba contando precisamente eso precisamente a ella durante una amable fiesta, lejos de toda barrera.

Ella tomó la información como una entrega de pedacitos de él y bastante más adelante, después de reiteradas dudas y retiros, lo tomó de cuerpo entero y supo de sus líneas perfectas y de su piel. Esa piel.

Él, oscuro. De oscuro pasado y piel oscura. Ella apenas opaca. Él, en comparación, oscuro y transparente. Ella, siempre dispuesta a ver a través, con él negándose a ir más allá de esa piel impecable y tersa, infinitamente acariciable.

Por eso acepta el encuentro y enseguida se aleja. Moción que parece pertenecer al dominio masculino: fascinarse por un cuerpo y salir corriendo antes de que la fascinación ejerza sus presiones. Todas de ella, estas sensaciones, femeninas por lo tanto y por eso ella, quizá para que la fascinación no se la trague, emprende un viaje en pos de otros horizontes.

Otros horizontes, no de otra horizontal ni otros abismos.

Pero nadie huye de verdad. Ella por lo tanto se lleva la piel de él en el tacto, la piel de él puesta, cubriéndole la propia como un Xipe Totec cualquiera. Y casi todo lo va coloreando con el color de él y lo que no, lo olvida. Para entenderlo mejor, o al menos así lo cree durante el viaje. Por su vieja arrogancia.

Tantas más arrogancias surgirán después, a su regreso, tantos hilos que parecen ir atándose hasta simular la trama. Como si configuraran un entendimiento.

Animal de la noche, él se estira a lo largo de su cuerpo y ella sabe que es lo más bello que ha tenido al alcance de la mano. Acaricia la tersura, la sedosa piel de boa constrictor en lo más lujurioso y profundo de la selva. Su selva. Le han devuelto por fin lo que ha tocado, el tacto recupera aquello que fue suyo. Siempre se vuelve y en la yema de los dedos queda la felicidad del reencuentro, un recuerdo para siempre que ella recuperará a lo largo de años, cada vez que acaricie algo tan antiguo y sabio como una porcelana S'ung o las tapas de un volumen encuadernado en cuero de Rusia.

He aquí las ensoñaciones literarias de ella. Las otras literaturas se apartan de las ensoñaciones y se limitan a dibujarlo, escuchándolo. Él habla y se narra. Su madre nunca lo quiso y es tan bello. A partir de los ocho años vivió en la calle, peleó para vivir, robó para comer, se nutrió de drogas. La historia de tantos desesperados. La droga se nutrió de él hasta las últimas mordeduras feroces que le pegó durante la cura. Un corte drástico a la droga, la cura *cold turkey*. Tengo 28 años y he vivido 6. Y ella cada vez más íntimamente va sabiendo que la vida que él merece, los años que ha perdido, ella se los brindará gota a gota a través de su cuerpo. Como un acto de amor religioso, ella manará vida para él. Renunciaría a tantas cosas para restituirle los años que ha perdido. Por suerte no al placer, el placer lo alimenta. El placer que él le brinda a ella lo alimenta y ella reconoce este intercambio de sustancias etéreas como algo maravillosamente animal, sin tiempo y sin espacio. Sin la noción de muerte.

Hasta esta noche.

Esta noche, cuando con toda sinceridad ella admite no saber qué la va a matar antes, si las ensoñaciones literarias o la calentura. Una mezcla de ambas, piensa. Pero no le cabe duda de que la cosa va a acabar mal y quizá sea eso lo que anda buscando. Empujar al hombre a que la mate. No tanto. Pero empujarlo, sí, provocarlo a fondo hasta que ocurra algo. A este hombre, en todo caso. No a cualquier hombre. Y un rato antes se estaba preguntando cómo digerir la información cuando él terminaba de decirle con su mejor acento del Bronx:

–He matado hombres como para el resto de mi vida, ya está.

Y ella esperanzada le preguntaba ¿en Vietnam? y él asentía pero agregaba, también aquí. Están como de costumbre tirados cada uno en una punta del sofá, las piernas entrelazadas, y muy pronto van a ir a la cama y a la mañana siguiente él preparará el desayuno y todo volverá a ser tan casero como siempre. Si ella se anima. Habrá además otras recompensas, si ella se anima, claro. Sobre todo esas otras recompensas, las que mediarán entre el momento de entrar al dormitorio y el momento de salir, horas después, renovados ambos.

Más vale antes seguir indagando un poco. Meterse de cuerpo entero en estas arenas movedizas. Ella quisiera saber por qué él mató a los de acá.

–Querían matarme a mí, no me quedó otra alternativa.

Motivos tendrían para querer matarlo ¿no? Y él descarta esa posibilidad con la mano, como quien espanta una mosca:

–No les gustó mi cara.

Ella lo piensa y se lo dice: su cara a ella le encanta, por ejemplo, a pesar de lo cual algún día quizá quiera matarlo. Por motivos mucho más consistentes que esa cara de la que habían estado hablando horas antes.

Ella le había hecho algún comentario sobre sus rasgos, después de haber estudiado en silencio por centésima vez su afilada mandíbula de gato, los pómulos muy altos, la nariz sorprendentemente recta, los labios generosos, los larguísimos ojos almendrados y tiernos. A veces.

Abuela cherokee, explica él, madre latina, padre

como él de cobre oscuro. La inocua conversación racial de tantas veces porque ella se deslumbra y lo estimula.

Aprende así, en definitiva, que no fue la cara de él lo que no les gustó a los futuros cadáveres. Lo que no les gustó –con justa razón– fue la fea escopeta de caño recortado con la cual él estaba amenazándolos. Esto es un asalto, y acabó en matanza. Por partida doble. Él tenía entonces 17 años, dejó de ser joven de golpe, si es que aún lo era.

Este *cool* neoyorquino, de dónde le habrá crecido a ella. Qué contagiosas son las ciudades, se comenta, heme aquí ahora asumiendo esta información como si tal cosa, con aire indiferente, tragándome mi horror, mi espanto.

Sin emitir juicio alguno, ella como si nada, sin que se le mueva un pelo, sin demostrar su desconcierto o esas corrientes cruzadas que empiezan a surcarla. Avanzando con pie de plomo para no anegarse del todo, comenta que buen motivo tenían entonces los dos hombres para querer matarlo a él. Se defendían, al fin y al cabo.

–Nada de eso. Fui yo el que me defendí. Los maté en defensa propia. Nosotros no pensábamos hacerles nada, con mi amigo. Sólo queríamos llevarnos la plata. Y la droga.

Casi nada, piensa ella. Y se identifica con esos pobres tipos (farmacéuticos, quizá, por lo de la droga) que en medio de la noche oyen ruidos en su negocio y al bajar se encuentran con esos ojos negrísimos que los clavan en la muerte.

–¿No te dieron pena?

–¿Pena? Qué me van a dar pena. Eran traficantes, gente de la pesada, matar era su oficio. Nosotros sólo queríamos asaltarlos. Una buena idea –insiste–. Esa de asaltar a traficantes, quiero decir, y obtener la droga además de la guita. Estudiábamos bien sus idas y venidas, durante meses observábamos, calladitos, analizábamos la situación hasta estar seguros de poder dar un golpe limpio. Nos había salido bien antes. Mala suerte para esos dos, aparecer en el momento justo y querer liquidarnos. Les ganamos de mano. Era cuestión de vida o muerte, ya lo sabíamos cuando nos metimos en ese negocio, y tal como están las cosas, mejor la muerte de los otros ¿no? Acordate que me escapé de mi casa a los 8 años. Eso quiere decir que viví en la calle un montón de tiempo, que vi morir gente como moscas, que vi matar a mis mejores amigos, en Vietnam, en la cárcel, en la calle, en todas partes. La gente siempre se está muriendo ¿qué me podían importar a mí esos dos tipos?

Yo no conozco la piedad, y menos por dos traficantes, gente de lo peor. Carroña.

Mi amante el justiciero, se dice ella. Mi amante. Tan absoluta, inconcebiblemente bello, con esas líneas de la más perfecta tersura, esa impecabilidad del cuerpo. Es un leopardo, una pantera negra, el más armonioso de los felinos, el más tierno, también, a qué negarlo, y mientras lo observa ve de reojo la puerta que conduce a su dormitorio y se pregunta cómo y por qué llegar hasta la cama con el asesino, a sangre fría el asesino. Y el asombro al percibir que la palabra ha sido por fin reconocida en ella, que ha enunciado interiormente la palabra asesino.

A pesar de lo cual ella sigue escuchándolo, mirándolo a los ojos porque le resulta imposible sustraerse, espiando de vez en cuando esa punta de lengua que asoma al hablar, tan rosada, ofreciéndose por encima de un labio inferior que es pura maravilla. El otro labio oculto bajo el bigote. El dibujo de la barba, la mosca perfecta dejando en la barbilla unos claros simétricos, besable. Y el otro recuerdo rosado que orla su oscurísima vaina, el repliegue rosado de la piel en esa flor enhiesta, viva. La pura perfección de líneas que constituyen a este hombre de rectas sin concesiones, de no huesos, de larguísimos músculos sedosos, la suavidad de sus contornos, la dulzura. La recta, impecable dulzura de su nuca.

No sólo sos bello por fuera, sos bello por dentro, le escribió ella mientras estaba de viaje, y a pesar de reconocer la cursilería de la frase decidió que así lo pensaba y no pudo menos que escribirlo. Admitir por carta su admiración por un hombre que había luchado por salirse de las trampas del ghetto y la droga. ¿Y los asesinatos? No sabía de los asesinatos en ese entonces.

¿Cambia ahora la belleza cuando la belleza ha andado por ahí destruyendo la perfección de líneas de los otros? La muerte es también eso: las infames posiciones sin gracia, los despatarramientos. Ella vuelve mentalmente a su viaje mientras lo observa. No para recordar los intercambios epistolares, las amables cartas adornadas con dibujitos tiernos, casi infantiles, que él le mandaba. No. Lo que revive ahora es el encuentro con la psiquiatra que le habló de los niños somocistas entrenados en la violación y la tortura. Niños torturadores de 12, 13 años, ahora detenidos en reformatorios y negándose a hablar (él al menos habla, narra su pasado escalofriante ¿cuánto estará ocultando? ¿cuánto disfrazando u olvidando? ¿qué será lo que no puede decir?). Los niños somocistas han sido adiestrados militarmente para el horror y también para aprender a callar, a no dejar transparentar las emociones. Pero allí están los dibujos del test, que los traicionan. Se les pidió simplemente una figura humana y los niños torturadores sólo supieron dibujar cuerpos distorsionados, desmembrados, cabezas con capuchas, mujeres como violadas con las piernas rotas.

Y él ¿en qué medida un deleite similar por la crueldad circulando por sus venas ahora suaves, antes estragadas por la heroína?

Y ella allí, frente a él, tratando de asimilar la idea, ella abriéndose por todos los poros con ese olor marítimo del sexo, abriéndose también por las regiones menos evidentes. Aceptándolo, que es lo más angustioso. Miedo parece no tener. Lo que siente principalmente es un profundo disgusto por el desorden, o mejor dicho frente al orden subvertido por la muerte. La muerte provocada.

Pero le ha llegado a ella el momento de atender sus propias recomendaciones y no imitar al pato. Nada de meterse en el agua tratando de no mojarse, no, de que el agua se deslice por las plumas cerosas. Tampoco por eso chamuscarse las plumas, como ya ha sido prevenida. ¿Y si de eso se tratara, si fuera eso lo que ella busca: acercarse del todo al fuego, incorporarse a él? Agua o fuego, dos tentadoras posibilidades del desastre.

Es evidente que él también algo le está reclamando a ella. Aunque él no se plantee estas preguntas, sólo lance frases que mueven los resortes que ponen en marcha las poleas que hacen funcionar los engranajes que se van interconectando hasta darle vida a todo un mecanismo de cuestionamientos. Movilización general, profunda, gracias a la cual él intenta reconocerse en ella y para lograrlo va tirando piedritas al estanque y de golpe una roca que la sacude aunque ella crea mantenerse impávida.

De las piedras que él ha ido echando para sondearse en ella, esta misma noche, ella retiene algunas: la necesidad que él siente de encontrarse a sí mismo, sus dudas ontológicas, los ensueños del género la lechera y el cántaro que en este caso particular se traducen en un camión para atravesar el país de costa a costa, con una cabina de espejos en la cual encerrarse y tratar de encontrarse. Ella le advierte: No te busqués en los espejos, buscate por dentro. Cuidado con la imagen especular. Es falsa. Es invertida, es distante. Te desdobla y arrastra. Y él sin escuchar las advertencias, usándola a ella de espejo, tirándole a la cara la peor de sus caras en procura de autocomprensión.

Ella alcanza a entender esta necesidad de reconocimiento y es la excusa que se da para seguirlo al dormitorio, con piernas inseguras. No por eso deja de recordar a los niños torturadores, los niños violadores. Aún en la cama, abrazados, mirándose a los ojos, ella piensa en esos niños. ¿Habrá sido él como esos niños? Mucho suelen mirarse a los ojos en la cama y es a través de ese mirar que ella intenta interrogarlo. Para asustarse mejor, no para entenderlo. Ella quiere saber y por fin se lo pregunta ¿qué haría él si se cruzase con ella en un callejón oscuro? Él contesta, nada, si no la reconoce, y si la reconoce puede que la tome de golpe entre sus brazos. ¿Y después? Después le haría el amor con muchísima dulzura, y ella comprende que así es él y no comprende por qué está tratando de investirlo con sus propios fantasmas. Ella se interroga si estará en realidad buscando que él la mate, y piensa: Estoy perdiendo el sentido del humor, lo último que debería perderse.

Él no le permite el humor, la clava en lo dramático –¿cómo puede aceptarlo? Y la respuesta: así, sumiéndose en su abrazo, besándolo, así, que es lo más cerca que estará jamás del asesinato. El asesinato: esa vieja boca abierta, esa tentación.

Semen de asesino. Y él acaba y acaba en espasmos lujosísimos, eternos. Sólo él puede transmitirle a ella la idea de lujo, es ésta una noción que ella ha adquirido sólo al estar con él, viéndolo desnudo, estirado a su lado, animal de la noche. Nada que ver con los lujos en descomposición de los salones. Él es un lujo natural, verdadero como las playas de Tlacoyunque. Por eso desde que regresó de las playas para reencontrarlo ella ha estado expresando su agradecimiento. Gracias, Iemanyá, madre de las aguas, gracias por darme este lujo, esta seda oscura, estas tinieblas cálidas.

Después del amor, con sólo enderezar los brazos, él va suavemente despegándose de ella y apoyándose sobre las manos muy lentamente empieza a recorrerle el cuerpo con un soplo finito, un hilo de aire como el sonido de una flauta muy dulce que la va refrescando y reintegrando a sí misma.

Otra vez los besos, el detenido tiempo de caricias, la blanca playa de Tlacoyunque, la espuma del mar contra las pulidas rocas y la paz de esa arena incontaminada, intacta. ¿Dónde está su rigor?

Se disuelve en la arena de este amor tan tierno, estalla contra las rocas. Y ella se olvida del mar y de las rocas, allá, al pie del acantilado, sola en un paisaje sin tiempo y a lo lejos el resplandor verde de los cocoteros hasta donde alcanza la vista. Se olvida del muy prehistórico pelícano que la observa desde lo alto del peñón más erosionado y se pone a buscar caracoles en la playa, diminutas conchitas perfectas que le restituyen lo accesible, lo asible.

La palabra asesino no ha sido pronunciada en voz alta.

Late en ella la palabra asesino pero de su boca no se ha escapado, o quizá su boca no encuentra el coraje suficiente para modularla.

¿Qué hacer con esta información demasiado candente, indigerible?

Ella se siente fuera de su propia piel, desubicada.

A ella que ama tanto la vida, hasta en sus expresiones más mínimas, que no puede matar arañas o cucarachas, que abandonó en la playa el caracol más bello porque era la casa de un cangrejo ermitaño, adorable bichito de ojos voraces ¿le tiene que tocar ahora esto? Había dicho Madre de las aguas, te devuelvo tu caracol tu cangrejito, te pertenecen, y Iemanyá en retribución le manda el asesino. El más bello, el más perfecto de todos. Físicamente hablando, porque no se sabe si tratándose de asesinatos él no se vuelve desprolijo, torpe.

Al asesino ella lo quiere y lo que es peor quizá también por asesino lo quiere, ahora. Ella que ama la vida, se repite ¿cómo pudo caer en una fascinación tan poco transparente? Ha alcanzado el punto límite de la contradicción, el borde de la locura. A partir de esta noche ¿quién podrá restituirle esta intensidad provocada no tanto por el amor como por la inminencia del desastre? A la luz de esta sombra, cómo empalidecen de golpe las demás relaciones, qué poco abismo cobran, qué intensidades tan caseras, tan poco amenazantes. ¿Qué más le queda a ella? Ella misma salir a matar, salir a subvertir el orden porque sí, porque no hay orden, porque otras a los 17 años han matado, porque seguirán matando y serán muertos.

Este hombre me va a golpear. Ella más de una vez pensó: algún día puede que este hombre venga y me golpee. No por agresivo. No por toda su carga pasada estallando una vez más en

puñetazos. No. La va a matar simplemente porque ella lo enfrenta. Y a veces lo enfrenta con él mismo y eso se le hace
intolerable
o todo lo contrario
él busca en ella su propia destrucción. La hace depositaria de su horror para que ella lo castigue
o no
busca que ella lo escriba,
que haga algo más que aceptarlo: lo comprenda. Y él vendrá una vez más a depositarle un beso en la palma de la mano, como una ofrenda mágica porque

es el más tierno de todos los asesinos.

Y ella por fin desgarrándose las tripas para dejarlo estampado en el papel, sacándoselo *cold turkey*, con reconocimiento pleno de cada una de las etapas del *cold turkey*.

No darle la espalda a la asesina en ella, que lo ama.

¿A cuántos habrá matado, él? Y ella ¿qué predisposición tendrá para dar muerte? En parte logró matarlo a él, se lo sacó de encima casi sin darse cuenta, jugó las piezas de tal modo que él no pudo menos que sentirse expulsado, en su piel tan sensible.

Nada de desgarrones. Nada de zarpazos, apenas una enmarañada serie involuntaria de pasos hacia el gran rechazo. A la mañana siguiente de la confesión, cuando ella ya parecía reconciliada con la idea de las muertes ejecutadas por él, logró sin embargo provocar una cadena de situaciones distanciantes y él acabó por estallar y la acusó de no tomarlo en serio y no atender sus broncas.

Lo atendió demasiado. Hasta el punto de enfurecerse a su vez y echarlo de la casa sin más explicaciones. Por motivos muy domésticos, para nada relacionados con las confesiones de la víspera. Al menos no con la palabra asesino, la nunca formulada. Lo echó como quien lo saca a latigazos, recordando más tarde las veces que hubiera querido sacar a latigazos a alguien de su vida. Domadora de fieras.

No con él. A él no lo saca más, él está adherido a la vida de ella gracias a su fastuosa condición indómita.

Él adherido para siempre a la vida de ella.

En la noche de marras, de amarras, ella le descubrió al llegar a la cama esas estrías profundas en la espalda radiante. Las relegó al olvido al poco rato, cuando comprendió que no eran las marcas de un látigo en rituales sádicos como había temido sino simples impresiones de arrugas de la funda del sofá. El íntimo terror y desagrado ante esas marcas que al principio parecían inconfesables, el posterior alivio, ahora la recuperación de esa sospecha para preguntarse por qué él despertaba siempre en ella las asociaciones más inquietadoras.

Esas marcas quizá hubiera querido hacerlas ella en la espalda de ese hombre que más que un hombre era la personificación de su deseo.

Nadie quiere golpear ni ser golpeado pero en el fondo lo que todos queremos es dejarnos triturar para saber, encontrarnos a nosotros mismos en el último trocito que nos queda.

Él quería buscarse, buscarse en ella, ella en él, y ya no. Nadie se encuentra.

Él con su confesión, que fue apenas un dato suplementario agregado a todos los datos de su vida que había brindado antes, le abrió las puertas para que ella lo penetrara con nuevas indagaciones. Él había matado a dos traficantes de drogas, dos tipos de la pesada, y ella en lugar de tratar de entenderlo empezó a temer por su vida no sólo a manos de él sino también de aquellos que podrían estar buscándolo para vengarse, aún hoy. ¿Cómo no te echaste a toda la mafia de la droga encima, con tamaña *performance*? ¿No te estarán buscando?

Cualquier noche de éstas trepan por las escaleras de incendio, se meten por la ventana y nos matan a los dos. O tiran la puerta abajo. Ya no me buscan para nada, le explicó él algo aburrido del tema. Eso fue hace más de diez años, imaginate, por eso me fui a Corea, y me quedé dos años allá, y me casé con Kim, y volvimos juntos, y después me fui a Vietnam, y nunca pasó nada, aquí me tenés, ileso, yo sé cuidarme.

Cuidarse y cuidarla. Ella le cree y sin embargo le atribuye peligros de toda índole. Es decir le atribuía, porque él ahora se ha ido y aunque seguramente volverá –ya les ha ocurrido anteriormente, estas peleas para siempre y después el reencuentro– ella ahora no piensa en el futuro, anida en el pasado, vuelve al momento de enfrentarse con él a gritos, desde lejos, sin que ninguno de los dos acepte la tentación de una lucha cuerpo a cuerpo. Golpearse, descargarse. Peleas como las que él le había narrado, las que él solía tener con su diminuta mujercita coreana, la ex prostituta que al cabo de un tiempo de solaz conyugal había vuelto a las andadas. En represalia él la ató, entonces, y se fue de la casa.

Es ahora con ella con quien él podría intentar una vez más –podría haber intentado– las ligaduras aprendidas en Vietnam: atar la soga a las piernas, darle tres vueltas alrededor de las muñecas juntadas a la espalda, amarrar las piernas al cuello, lo más cerca posible. Si la víctima tirada sobre el piso no tolera más la posición y quiere enderezar las piernas, se estrangula a sí misma. Así de simple es la cosa.

un tipo adiestrado militarmente en estos menesteres

los niños torturadores

y ella todavía atesorando los estremecimientos provocados por él, los estremecimientos de placer aquí sobre la cama. Tirada sobre la cama. Al mismo tiempo tratando de atar cabos –las piernas amarradas al cuello, lo más cerca posible, cualquier movimiento provoca destrucción. ¿Cuál será el movimiento que libera?

Tirada sobre la cama queriendo retorcerse, sintiendo que algo en ella se arquea hacia atrás como en las lejanas rabietas infantiles, algo en ella quiere ceder a la desesperación y también al abandono con los talones lo más cerca posible de la nuca. Puta, qué desgarramiento, quisiera gritar, qué desgarramiento necesario, qué euforia, reconoce en nuevos gritos sordos mientras, cara al techo, siente que estalla en mil pedazos.

Sabe que está viviendo una experiencia de intensidad tal que no puede ser descrita. Puede decir experiencia, puede decir intensidad pero esas palabras a la vez la traicionan, se marchitan. Abandonada está hasta por su propio reino, el del lenguaje.

Todo fluye simultáneamente en ella y no hay palabras que traduzcan el vórtice del torbellino. Siente que ha atravesado el espejo, que está del otro lado, del lado del deseo donde no se hace pie. Todo gira y sólo trozos de diálogos con él logran estructurarse, nada demasiado concreto, nada para ser emitido por una voz incapaz de salir de su garganta. A un paso de la cama se halla la ventana abierta y la posibilidad de largarse a volar por encima de las escaleras de incendio y

de los árboles. La intolerable tentación del salto
y de golpe

ASESINO

grita. Y la voz consigue por fin escapar con fuerza de su ser y podría tratarse de una acusación o de un llamado pero se trata en realidad de un parto.

Para Araceli Gallo
y Guillermo Maci

Ceremonias de rechazo

I

Siendo el esperar sentada la forma más muerta de la espera muerta, siendo el esperar la forma menos estimulante de muerte, Amanda logra por fin arrancarse de la espera quieta y pone su ansiedad en movimiento. Como tantas otras veces, él se había separado de ella diciéndole:

–Mamacita, estar lejos de usted es como vivir en suspenso, pero debe entender que mis deberes me reclaman. En cuanto acabe la reunión le pego un golpe de teléfono y acá me tendrá de nuevo, para servirla.

Dos, tres horitas a lo sumo.

Dos, tres, veinticuatro, cincuenta horitas que ya tienen otro nombre. Se llaman días y él sin dar señales de vida, infame Coyote, mediador entre el cielo y el infierno, más infierno que cielo cuando no reaparece y nadie logra dar con su paradero o saber en qué anda, conspirador clandestino. Para la buena causa, dice él, mientras los amigos le soplan a Amanda, Cuidado, puede ser un delator, puede ser cana, y Amanda a veces le huele la traición en un abrazo y no por eso rechaza el tal abrazo, quizá todo lo contrario.

Qué le ves, le preguntan, a ese tipo de rasgos tan duros, tan distante. Y ella sabe que para los demás el problema es precisamente esa distancia: sólo ella logra ver el ablandamiento de sus rasgos, la ternura que emana de él cuando se lo tiene al alcance de la boca, horizontal y distendido. Pero él no llama y quizá tengan razón los amigos, más valdría perderlo que encontrarlo –animal depredador, carroñero– si no fuera por esos brazos que tan bien saben envolver a Amanda por las noches.

Es a la espera de sus brazos y también de otras delicias coyoteanas que Amanda permanece junto al teléfono, cada vez menos pasivamente. Intentando por lo pronto descartar la sospecha, esa oscura que ronda cuando el Coyote no está y a veces se disipa cuando el Coyote vuelve pero otras veces permanece impávida, flotando, envolviendo a Amanda que intenta preguntarse con lucidez ¿quién es este hombre? y sólo logra responderse, allí en la interna penumbra donde las respuestas cobran la imperiosa vaguedad del deseo: poco me importa quién es cuando bien sé qué significa para mí y cómo me estimula. Cuando estoy con él lo inconfesable en mí acata plenamente y a mis zonas de tinieblas les crecen alas y puedo sentirme angelical aunque se trate de todo lo contrario.

Por eso mismo, Coyote, que me llegue tu llamado al que sé responder de maravilla, el para mí llamado de la selva, Coyote. Discá de una buena vez los números que sepan abrir las puertas para ir a jugar. Jugar conmigo, bolastristes, a algún juego más íntimo y jugoso que a estas escondidas a las que se te da por jugar con demasiada frecuencia.

Piedra libre, Coyote, yo a las escondidas no juego, m'hijito, yo no espero sentada a que me llamés, yo me muevo, me sacudo, me retuerzo y bailo para invocar tu llamada, yo me calo esta peluca negra, hirsuta, y pongo el teléfono en el piso en medio de la pieza estirando bien el cable hasta su máxima posibilidad, cerciorándome al mismo tiempo de no haberlo desenchufado. Yo creo en los exorcismos, Coyote, pero no en los milagros y bien sé que si me vas a llamar será con teléfono enchufado y no a través del éter.

Para provocar la llamada lo mejor es bailar con ganas moviendo las caderas, despojando de rigideces la cintura. Olvidar con el baile el rigor mortis de la ausencia y de la espera, sacudir la peluca, sacudirse las ideas.

Y el teléfono impávido negándose a cantar su monótono rin rin para acompañar la danza de Amanda.

Darle entonces una ayudita más al teléfono encendiéndole en derredor cuatro velas verdes, una por cada punto cardinal en lo posible. Y Amanda invocando:

–De los cuatro costados del mundo, de donde estés, Coyote, llamame. No te pierdas de mí, no me abandones. Volvé, flaco, la familia te perdona. Sentada sobre el piso dibuja con tiza un círculo mágico alrededor del teléfono y dentro del círculo una estrella de cinco puntas. El pentáculo. Para que el pobre aparato negro sepa lo que se espera de él: que atraiga las fuerzas del Coyote, solitario seductor cruel en sus ausencias.

Con el pentáculo completado y mascullando unas fórmulas cabalísticas de fabricación privada Amanda intenta invocar la voz del susodicho que habrá de decirle por el cable, Estoy a la vuelta de la esquina, quiero verte enseguida. Como si tal cosa, como si dos días atrás no se hubiera arrancado de ella prometiendo llamarla al rato.

Es decir que de nuevo Amanda chupada por el vórtice de las promesas incumplidas, esas deslumbrantes alhajas que el Coyote traza en el aire y que poco después se diluyen como luces de Bengala.

Y para eso ella ha encendido las velas, maldito sea, para invocar más luces de Bengala, más fueguitos artificiales, maldito sea, y el pentáculo embadurnando el buen piso de baldosas en procura de algo que durará lo que duran estos mismos hechizos porque Amanda ya les está zapateando encima, apagando las velas, conteniendo apenas las ganas de darle una buena patada al teléfono para mandarlo bien lejos, donde se merece.

II

Una puede decirse maldito el momento en que este tipo se cruzó por mi vida o puede en cambio decirse ese momento también fue mío, como todos los otros, y no agregar nada de nada. Nada. De nada, no hay de qué. Porque motivos de agradecimiento bien que tiene el Coyote cuando por fin se apersona en casa de Amanda, como si nada, y Amanda lo recibe como si nada o mejor dicho como la respuesta a todos sus alaridos hormonales.

Un tiempo de aceptación de los cariños y después los reclamos más o menos verbalizados, y el Coyote entonces bajando la cortina de sus ojos sin siquiera mover los párpados, volviéndose impenetrable, hermético, con la mirada fuera de la órbita de Amanda.

Pero Amanda ya ha decidido perdonar, una vez más, gracias al simple milagro de un abrazo ha decidido perdonar y no provocar demasiado al coyotesco Coyote. Dejar que los acontecimientos sigan su curso natural aunque la naturaleza de ella a veces se encabrite y se rebele. Hay caballos sueltos dentro de la naturaleza de Amanda y no todos han sido domados. Pero en presencia del Coyote los potros suelen no manifestarse, los potros aparecerán después cuando él haya partido.

–¿Tomamos una copa? –ofrece la mansa Amanda.

–No, dejémosla para más tarde si no te importa, mamacita. Me estoy muriendo de hambre. Vayamos al chino de Las Heras y Callao, ando necesitando un buen chop suey.

Amanda y el Coyote avanzan por calles arboladas, de la mano. Amanda trata de indagar algo sobre el Coyote, quiere una reiteración de sus promesas, quiere aclaraciones –después de tantos meses de estar juntos– sobre su vida y obra, quiere saber más sobre la organización a la que él sólo alude de pasada y pretende –sobre todo– compartir sus inquietudes y lo que él denomina sus peligros. Y el Coyote como de costumbre responde con frases truncas, se distrae en el camino, cambia de tema, insinúa, entrega y quita sin dejarse ir por ningún resquicio de palabras. Transmitiendo eso sí a través de sus dedos todos los mensajes que Amanda quiere recibir y recibe sin preocuparse si allá arriba, en las remotas regiones cerebrales, los mensajes que parecen tan sabios en la piel pierden toda consistencia.

En el restaurant chino, Coyote con palitos. Es decir que Amanda lo va tomando delicadamente entre brotes de bambú y hongos negros, trocitos de pollo, trocitos de palabras y envolvimientos de amor que ella sabe no se van a cumplir y sería tan maravilloso que se cumplieran.

Los palitos en la mano derecha de Amanda funcionan como hábiles pinzas, el Coyote no tiene paciencia para estas sofisticaciones orientales y usa el tenedor con cierta furia. Con gula. La gula de Amanda no radica por el momento en las papilas gustativas –el paladar de Amanda ansiando otros gustos– y mientras saborea la oscura viscosidad de un alga piensa que el Coyote es eso, su oscuro deseo. Es el que nunca está allí donde se lo busca, nunca en donde promete estar, y por lo tanto está en todas partes porque en todas partes ella lo busca y no logra encontrarlo.

Frente a la parada del colectivo que habría de llevarlos de regreso a casa de Amanda ambos parecen felices. Por el rato de la espera, apenas, porque cuando llega el 59 y Amanda está ya a punto de subir el Coyote se despide de ella. Chau, preciosa, mañana te llamo.

Y Amanda, quitando su pie del estribo, recupera la calzada y una furia naciente:

–¿Cómo, chau? ¿Estás loco, Coyote? ¿Qué es esto de despacharme sin previo aviso cuando todo hacía suponer que te venías conmigo?

–Usted sabe que no soy dueño de mi tiempo, mamacita, de otra forma me pasaría la vida con usted. Bien sabe que las circunstancias me reclaman.

–Sos un bicho siniestro y macaneador, Coyote. Pero andá no más donde te reclaman las circunstancias. Y no te aparezcás más por mi vida. Me tenés requeteharta con tus misterios.

–Si así lo querés. Pero no, Amanda.

–¿No qué?

–No son misterios. Son problemas políticos, ya te lo dije mil veces. Pero vuelvo con vos, tenés razón; ganaste.

–No. Basta ya. Ya basta de torturas. No quiero verte más.

Media vuelta march, Amanda. De espaldas al Coyote internarse en la noche y dejarlo atrás. De una vez por todas. Al llegar a la esquina gira a la derecha y deriva hacia la otra calle, impulsada por la furia que ya ha crecido hasta colmarla. Lograr por fin desconcertar al Coyote, sacarlo de su cómodo manejo. Ya no dueño él de la situación, dueña ella aunque más no sea para destruirla: si no se puede controlar más vale retirarse a tiempo. ¿Controlar? ¿Qué parámetro es éste? Decididamente no el que Amanda quisiera reconocer como propio. Por eso al llegar a la segunda esquina, la furia ya bastante aplacada por la caminata, gira nuevamente hacia la derecha con la esperanza de volver, al rodear la manzana, no sólo al espacio sino también al tiempo donde todavía no le había dado la espalda al Coyote dejándolo plantado.

En la tercera esquina se encuentran, cara a cara, y quedan largo rato mirándose, la furia borrándosele a Amanda, dejando tan sólo lugar para el estremecimiento.

Él la toma suavemente por los hombros la aprieta contra sí y la retiene, sin palabras. Cuando por fin la suelta es para meterse de golpe en la florería de la esquina. Sale casi de inmediato con una rosa roja para Amanda.

Una rosa de tallo larguísimo que Amanda recibe dándole al Coyote un casto beso de agradecimiento en la mejilla. También de despedida. Porque se mete en un taxi sin invitarlo a subir. Él tampoco hace intento alguno y Amanda baja la ventanilla y le grita Adiós (para siempre).

Durante el viaje Amanda se pregunta cómo puede ser que la rosa que permaneció más de tres segundos en manos del coyotesco vampiro aún no se haya marchitado.

III

Borrón y cuenta nueva. Amanda ha desconectado el teléfono y se siente liviana porque hoy no habrá más llamadas del Coyote ni de nadie, para bien o para mal. Tampoco más esperas cargadas de ansiedad con el maldito aparato al alcance de la mano. La mano libre para actividades más gratificantes si bien más solitarias. Escribir, por ejemplo, contestar todas las cartas e ir reintegrándose al mundo. O la otra: lavarse del Coyote, lavarse de ella misma.

Empieza por preparar un baño a temperatura ideal con abundantísima espuma perfumada. Una forma de consuelo para su pobre cuerpo al que ha decidido arrancarle lo mejor que su pobre cuerpo poseía: el cuerpo del Coyote.

Pero antes del baño, tantas actividades previas, propiciatorias. Digamos la máscara. Las máscaras son imprescindibles para entrar en escena o para salir de escena y meter la patita en otra vida donde no hay coyotes, coyones, vampiros de sus más secretos líquidos.

De no estar segura de que ese adiós (para siempre) formulado desde el taxi iba en serio en lo que a ella respecta, Amanda no necesitaría la máscara. Ese rostro blanco para nada. Rostro ajeno, encalado, tan pero tan radiantemente blanco que los ojos son dos carbones a punto ya de consumirla y el pelo es una llamarada viva. Soy un fuego que se quema a sí mismo, dice el rostro blanco frente al demencial espejo casi sin mover la boca para no cuartear la máscara, para no entorpecer las actividades nutritivas de la crema ni crearse arrugas. Esas máscaras prácticas, aseñoradas. Quisiera arrancársela y junto con la máscara arrancarse la cara, quedar sin cara, descarada, descastada, desquiciada ¿dúctil?

Dúctil no. Sólida en sí misma para evitar que el juego se repita y aparezca otro que intente modelarla.

Transcurrido ya el tiempo necesario se lava con agua tibia y contempla cómo la cal de su fachada surca el lavatorio. Ahí va lo blanco de mi expresión y me vuelven los colores, los dolores... Y no queda del todo satisfecha, quisiera algo más drástico para arrancarse el dolor de las facciones. Arrancarse la soledad de la cara, quedarse apenas acompañada por lo más profundo de ella misma.

Para intentarlo decide recurrir a otra máscara de belleza –las únicas que tiene. Máscara transparente, esta vez, que al secarse se va convirtiendo en una finísima película plástica bajo la cual sus rasgos aparecen seráficamente distendidos. Y así se deja estar durante los veinte minutos que estipulan las indicaciones, sintiendo que el estiramiento se le extiende a los confines del alma. Es una dulce beatitud hasta que llega el momento de arrancar. El gran momento. Con violentos tirones empieza a desgarrarse esa cara no suya, a pelar la tersa, diáfana, iridiscente, grotesca paz incorporada que se va desprendiendo en largos girones de simulada piel, con un chasquido muy leve.

La propia piel no puede ser arrancada por más que lo intente y allí le queda configurando un rictus de disgusto alrededor de la boca. Borrar entonces el rictus, diluirlo con agua y jabón, restregarlo con el guante de crin, raspar con furia para intentar lijarse esas capas de piel que la separan de las cosas.

Y hela aquí con el pellejo dolorido y ardiente. Estos ritos caseros habría que emprenderlos con menos fanatismo y más ternura. No tan al pie de la letra esto de querer borrarse la cara: a dibujársela se ha dicho, a recrearla inventándose una cara nueva, dichosa.

Con crema nutritiva de intenso color naranja empieza a embadurnarse los párpados y la zona alrededor de los ojos. Se pone crema blanca sobre la frente y el mentón y la va diluyendo hacia los pómulos y después, con extremo cuidado, toma lápices de labios para empezar a trazar las pinturas rituales: dos anchas líneas fucsias que acaban en puntitos surcándole la frente blanca, tres finas rayas rojas sobre cada pómulo. Con el delineador verde esmeralda dibuja un círculo perfecto sobre el mentón blanco y se enmarca los ojos.

A todo esto el agua del baño se ha enfriado. La renueva y le agrega más sales.

Pero no es cuestión de meterse tan rápido en la bañera y arruinar el tatuaje. Y menos con las piernas peludas ¿cómo contaminar el agua con los pelos? Protégenos, oh Aura, de los pelos de las piernas que en las noches sin luna se convierten en moscas para envenenar el sexo. Bueno, sin exagerar: protégenos, Señor, de los pelos de las piernas que en momentos de verdadera dicha entorpecen la mano que nos acaricia. ¿Señor? ¿Qué señor? ¿Yo señor? No señor. ¿Pues entonces quién lo tiene?

Al Gran Bonete se le ha perdido un pajarito.

A la gran boneta aquí presente se le ha perdido un pajarito que mucho le encantaba, y todo por su propia culpa y su ahuyentamiento. A causa de sospechas nunca formuladas pero cada vez más palpables y asfixiantes. En cuyo caso el rechazo formaría parte de la valentía y no de esa repugnante sensación: la de haber rechazado por no ser rechazada, un gesto de cobarde.

Maquinaciones éstas mientras se extirpa con furia los pelos de las piernas. Con furia y con pinzas, conjunción contradictoria, hasta que decide recurrir a la cera caliente y arrancar de verdad. Como un rato atrás la cara, pero ahora sí arrancando, extendiendo la cera y pegando el tirón en medio de los humos, quemándose, arrastrando leves velos de piel en cada tirón, revolviendo el caldero. Cera negra. Llamas.

El baño se ha vuelto a enfriar al final de esta nueva etapa. Sin desanimarse, Amanda cambia por segunda vez el agua y le agrega sales de pino. Sales y más sales hasta que toda la casa se le va llenando de aroma a pino, como un bosque. Entonces se mete en la bañera y se va a pasear por ese bosque que es el de los veranos de su infancia. Pinos murmuradores de agua con el viento, y a los pies el crujir de las agujas, mullidos colchones algo hirsutos, muy a tono con Amanda. Había sapitos negros de panza colorada y amarilla en los pinares. Sapitos blandos como trapos que dejaban un charquito en la mano del que lograba agarrarlos: unas gotas de pis, defensa inútil. Toda defensa es inútil pero quizá no tanto, intuye Amanda. Y para comprobarlo, del pis de los sapitos pasa al propio, manando con toda calidez de su cuerpo a la menos cálida tibieza del agua en la bañera y ella suntuosamente sumergida en ese mar contaminado por sus propias aguas, rodeada de sí misma. Extática. Su privado calor interno ahora rodeándola en el bosque de pinos con rayos de sol que se filtran entre las ramas y le confieren una especie de halo. Un aura dorada entre la espuma blanca.

IV

Nuevos bríos con el nuevo día. Decirle buen día, día, como para congraciarse con él y tenerlo de su lado. Muchas sensaciones se han ido aclarando durante la más bien insomne noche, muchos sentimientos han recuperado su verdadera intensidad no del todo diáfana. Y la rosa olvidada sobre una mesa ya marchita por fin, entregada a su muerte. Entonces Amanda, lista para recuperarse a sí misma, se prepara una taza de té con gusto a sol, dorada, se viste con sencillez y asoma las narices a la calle.

Rosa roja en mano, reseca y pinchuda, la rosa, Amanda se echa a caminar y caminar conociendo su meta. A las tres cuadras descubre: toda de blanco vestida, como en el soneto del Dante, pero no tanto la suspirada Beatriz, no, más bien con pinta de enfermera.

–Ma sí. Si lo que quiero es curarme.

Curarme, ojo, no emponzoñarme, no pincharme con espina de rosa como establece la romántica tradición decimonónica, no sucumbir a la trampa literaria más de lo necesario, más de lo que una ya sucumbe por el hecho por demás literario de estar viva.

Amanda camina a marcha forzada atravesando calles, plazas, parques, descampados, cuidando de conservar un aire lo menos sospechoso posible. Avanza con la sensación de estar cometiendo un acto subversivo simplemente por querer ir hasta el río a tirar esa rosa muerta para alejar de sí la mala suerte, como si se tratara de un espejo roto. O de una pieza comprometedora. Amanda siente que esa rosa cargada por el Coyote es como un arma que le hace correr mil riesgos. Irónico sería el fin suyo: en la cárcel por portación de rosa. Pero en definitiva sabe que no se trata de un arma, ni de un espejo roto, ni siquiera de una rosa: sólo un punto final.

Seguir por eso adelante sin dejarse perturbar por policías y demás uniformados que cruza en el camino, seguir para alcanzar la meta, la avenida Costanera. Y de golpe desplegándose frente a sus ojos a pérdida de vista ese inquietante, infinito poncho de vicuña que es el río, ondulado por soplos secretos.

Amanda se acerca al parapeto y lo va recorriendo hasta dar con un muelle en semicírculo que la lleva justo sobre la lamida de las mansas olitas, un plaf plaf de saludo. A esas dulces ondas que apenas salpican les arroja la rosa. Roja. Para las aguas pardas.

Sic transit, murmura Amanda no haciendo alusión a la pinchuda que se va bogando sino a la gloria de quien se la entregó dos noches atrás como una ofrenda (una ofensa). La gloria del Coyote, por lo tanto, queda en lo que a Amanda respecta y en virtud de esta humilde ceremonia ahogada para siempre en las aguas opacas del olvido. Abur.

Para convencerse de su rechazo Amanda se larga a vagar por Palermo y la eucalíptica dulzura le va peinando el alma. Reconstruyéndosela, devolviéndole aquello que había ido perdiendo en la huella del Coyote.

Mucho más liviana de lastre, casi renovada, emprende a mediodía el camino de regreso no sin antes decidirse a cerrar el ciclo coyoteano con un acto vegetal: elige cuidadosamente una plantita silvestre de bellas hojas granate y la arranca de raíz. ¡Eso sí que es actuar por propia iniciativa! Porque el jardín de su terraza es obra del Coyote. Él lo fue armando con paciencia, trasplantando los yuyos más decorativos, robando una que otra planta, juntando gajos y rescatando macetas abandonadas hasta dejarle a Amanda una tupida fronda. La selva.

Por eso esta nueva plantita de hojas enruladas es la prueba de que Amanda no necesita más del Coyote para cultivar su jardín externo. ¿Y el interior? Bien podría tratarse del mismo jardín, el afuera y el adentro amalgamándose.

De vuelta en su terraza, entre las plantas, mientras las riega con la manguera comprada e instalada por el propio Coyote –el anulado– Amanda empieza a sentirse libre, por fin libre, y va esbozando un baile de apasionada coreografía que crece y crece hasta hacerse violento, incontenible. Baila

Amanda con la manguera, la florea, se riega de la cabeza a los pies, se riega largo rato y baila bajo esa lluvia purificadora y vital.

Libre, libre, canta aún en el baño mientras se quita las ropas empapadas, las sandalias empapadas. Libre, sin siquiera secarse, poniéndose a hacer gimnasia desnuda frente al espejo de cuerpo entero. Libre, mientras flexiona las rodillas, libre, libre, cantando.

Y el espejo paso a paso le devuelve las formas y le confirma el canto.

De noche soy tu caballo

Sonaron tres timbrazos cortos y uno largo. Era la señal, y me levanté con disgusto y con un poco de miedo; podían ser ellos o no ser, podría tratarse de una trampa, a estas malditas horas de la noche. Abrí la puerta esperando cualquier cosa menos encontrarme cara a cara nada menos que con él, finalmente.

Entró bien rápido y echó los cerrojos antes de abrazarme. Una actitud muy de él, él el prudente, el que antes que nada cuidaba su retaguardia –la nuestra–. Después me tomó en sus brazos sin decir una palabra, sin siquiera apretarme demasiado pero dejando que toda la emoción del reencuentro se le desbordara, diciéndome tantas cosas con el simple hecho de tenerme apretada entre sus brazos y de ir besándome lentamente. Creo que nunca les había tenido demasiada confianza a las palabras y allí estaba tan silencioso como siempre, transmitiéndome cosas en formas de caricias.

Y por fin un respiro, un apartarnos algo para mirarnos de cuerpo entero y no ojo contra ojo, desdoblados. Y pude decirle Hola casi sin sorpresa a pesar de todos esos meses sin saber nada de él, y pude decirle

te hacía peleando en el norte
te hacía preso
te hacía en la clandestinidad
te hacía torturado y muerto
te hacía teorizando revolución en otro país.

Una forma como cualquiera de decirle que lo hacía, que no había dejado de pensar en él ni me había sentido traicionada. Y él, tan endemoniadamente precavido siempre, tan señor de sus actos:

–Callate, chiquita ¿de qué te sirve saber en qué anduve? Ni siquiera te conviene.

Sacó entonces a relucir sus tesoros, unos quizá indicios que yo no supe interpretar en ese momento. A saber, una botella de cachaza y un disco de Gal Costa. ¿Qué habría estado haciendo en Brasil? ¿Cuáles serían sus próximos proyectos? ¿Qué lo habría traído de vuelta a jugarse la vida sabiendo que lo estaban buscando? Después dejé de interrogarme (callate, chiquita, me diría él). Vení, chiquita, me estaba diciendo, y yo opté por dejarme sumergir en la felicidad de haberlo recuperado, tratando de no inquietarme. ¿Qué sería de nosotros mañana, en los días siguientes?

La cachaza es un buen trago, baja y sube y recorre los caminos que debe recorrer y se aloja para dar calor donde más se la espera. Gal Costa canta cálido, con su voz nos envuelve y nos acuna y un poquito bailando y un poquito flotando llegamos a la cama y ya acostados nos seguimos mirando muy adentro, seguimos acariciándonos sin decidirnos tan pronto a abandonarnos a la pura sensación. Seguimos reconociéndonos, reencontrándonos.

Beto, lo miro y le digo y sé que ése no es su verdadero nombre pero es el único que le puedo pronunciar en voz alta. Él contesta:

–Un día lo lograremos, chiquita. Ahora prefiero no hablar.

Mejor. Que no se ponga él a hablar de lo que algún día lograremos y rompa la maravilla de lo que estamos a punto de lograr ahora, nosotros dos, solitos.

"A noite eu so teu cavallo", canta de golpe Gal Costa desde el tocadiscos.

–De noche soy tu caballo –traduzco despacito. Y como para envolverlo en magias y no dejarlo pensar en lo otro:

–Es un canto de santo, como en la macumba. Una persona en trance dice que es el caballo del espíritu que la posee, es su montura.

–Chiquita, vos siempre metiéndote en esoterismos y brujerías. Sabés muy bien que no se trata de espíritus, que si de noche sos mi caballo es porque yo te monto, así, así, y sólo de eso se trata.

Fue tan lento, profundo, reiterado, tan cargado de afecto que acabamos agotados. Me dormí teniéndolo a él todavía encima.

De noche soy tu caballo....

... campanilla de mierda del teléfono que me fue extrayendo por oleadas de un pozo muy denso. Con gran esfuerzo para despertarme fui a atender pensando que podría ser Beto, claro, que no estaba más a mi lado, claro, siguiendo su inveterada costumbre de escaparse mientras duermo y sin dar su paradero. Para protegerme, dice.

Desde la otra punta del hilo una voz que pensé podría ser la de Andrés –del que llamamos Andrés– empezó a decirme:

–Encontraron a Beto, muerto. Flotando en el río cerca de la otra orilla. Parece que lo tiraron vivo desde un helicóptero. Está muy hinchado y descompuesto después de seis días en el agua, pero casi seguro es él.

–¡No, no puede ser Beto! –grité con imprudencia.

Y de golpe esa voz como de Andrés se me hizo tan impersonal, ajena:

–¿Te parece?

–¿Quién habla? –se me ocurrió preguntar sólo entonces. Pero en ese momento colgaron.

¿Diez, quince minutos? ¿Cuánto tiempo me habré quedado mirando el teléfono como estúpida hasta que cayó la policía? No me la esperaba pero claro, sí, ¿cómo podía no esperármela? Las manos de ellos toqueteándome, sus voces insultándome, amenazándome, la casa registrada, dada vuelta. Pero yo ya sabía ¿qué me importaba entonces que se pusieran a romper lo rompible y a desmantelar placares?

No encontrarían nada. Mi única, verdadera posesión era un sueño y a uno no se lo despoja así no más de un sueño. Mi sueño de la noche anterior en el que Beto estaba allí conmigo y nos amábamos. Lo había soñado, soñado todo, estaba profundamente convencida de haberlo soñado con lujo de detalles y hasta en colores. Y los sueños no conciernen a la cana.

Ellos quieren realidades, quieren hechos fehacientes de esos que yo no tengo ni para empezar a darles.

Dónde está, vos lo viste, estuvo acá con vos, donde se metió. Cantá, si no te va a pesar. Cantá, miserable, sabemos que vino a verte, dónde anda, cuál es su aguantadero. Está en la ciudad, vos lo viste, confesá, cantá, sabemos que vino a buscarte.

Hace meses que no sé nada de él, lo perdí, me abandonó, no sé nada de él desde hace meses, se me escapó, se metió bajo tierra, qué sé yo, se fue con otra, está en otro país, qué sé yo, me abandonó, lo odio, no sé nada. (Y quémenme no más con cigarrillos, y patéenme todo lo que quieran, y amenacen, no más, y métanme un ratón para que me coma por dentro, y arránquenme las uñas y hagan lo que quieran. ¿Voy a inventar por eso? ¿Voy a decirles que estuvo acá cuando hace mil años que se me fue para siempre?)

No voy a andar contándoles mis sueños, ¿eso qué importa? Al llamado Beto hace más de seis meses que no lo veo, y yo lo amaba. Desapareció, el hombre. Sólo me encuentro con él en sueños y son muy malos sueños que suelen transformarse en pesadillas.

Beto, ya lo sabés, Beto, si es cierto que te han matado o donde andes, de noche soy tu caballo y podés venir a habitarme cuando quieras aunque yo esté entre rejas. Beto, en la cárcel sé muy bien que te soñé aquella noche, sólo fue un sueño. Y si por loca casualidad hay en mi casa un disco de Gal Costa y una botella de cachaza casi vacía, que por favor me perdonen: decreté que no existen.

Cambio de armas

Las palabras

No le asombra para nada el hecho de estar sin memoria, de sentirse totalmente desnuda de recuerdos. Quizá ni siquiera se dé cuenta de que vive en cero absoluto. Lo que sí la tiene bastante preocupada es lo otro, esa capacidad suya para aplicarle el nombre exacto a cada cosa y recibir una taza de té cuando dice quiero (y ese quiero también la desconcierta, ese acto de voluntad), cuando dice quiero una taza de té. Martina la atiende en sus menores pedidos. Y sabe que se llama así porque la propia Martina se lo ha dicho, repitiéndoselo cuantas veces fueron necesarias para que ella retuviera el nombre. En cuanto a ella, le han dicho que se llama Laura pero eso también forma parte de la nebulosa en la que transcurre su vida.

Después está el hombre: ése, él, el sinnombre al que le puede poner cualquier nombre que se le pase por la cabeza, total, todos son igualmente eficaces y el tipo, cuando anda por la casa le contesta aunque lo llame Hugo, Sebastián, Ignacio, Alfredo o lo que sea. Y parece que anda por la casa con la frecuencia necesaria como para aquietarla, un poco, poniéndole una mano sobre el hombro y sus derivados, en una progresión no exenta de ternura.

Y después están los objetos cotidianos: esos llamados plato, baño, libro, cama, taza, mesa, puerta. Resulta desesperante, por ejemplo, enfrentarse con la llamada puerta y preguntarse qué hacer. Una puerta cerrada con llave, sí, pero las llaves ahí no más sobre la repisa al alcance de la mano, y los cerrojos fácilmente descorribles, y la fascinación de un otro lado que ella no se decide a enfrentar.

Ella, la llamada Laura, de este lado de la llamada puerta, con sus llamados cerrojos y su llamada llave pidiéndole a gritos que transgreda el límite. Sólo que ella no, todavía no; sentada frente a la puerta reflexiona y sabe que no, aunque en apariencia a nadie le importe demasiado.

Y de golpe la llamada puerta se abre y aparece el que ahora llamaremos Héctor, demostrando así que él también tiene sus llamadas llaves y que las utiliza con toda familiaridad. Y si una se queda mirando atentamente cuando él entra –ya le ha pasado otras veces a la llamada Laura– descubre que junto con Héctor llegan otros dos tipos que se quedan del lado de afuera de la puerta como tratando de borrarse. Ella los denomina Uno y Dos, cosa que le da una cierta seguridad o un cierto escalofrío, según las veces, y entonces lo recibe a él sabiendo que Uno y Dos están fuera del departamento (¿departamento?), ahí no más del otro lado de la llamada puerta, quizás esperándolo o cuidándolo, y ella a veces puede imaginar que están con ella y la acompañan, en especial cuando él se le queda mirando muy fijo como sopesando el recuerdo de cosas viejas de ella que ella no comparte para nada.

A veces le duele la cabeza y ese dolor es lo único íntimamente suyo que le puede comunicar al hombre. Después él queda como ido, entre ansioso y aterrado de que ella recuerde algo concreto.

El concepto

Loca no está. De eso al menos se siente segura aunque a veces se pregunte –y hasta lo comente con Martina– de dónde sacará ese concepto de locura y también la certidumbre. Pero al menos sabe, sabe que no, que no se trata de un escaparse de la razón o del entendimiento, sino de un estado general de olvido que no le resulta del todo desagradable. Y para nada angustiante.

La llamada angustia es otra cosa: la llamada angustia le oprime a veces la boca del estómago y le da ganas de gritar a bocca chiusa, como si estuviera gimiendo. Dice –o piensa– gimiendo, y es como si viera la imagen de la palabra, una imagen nítida a pesar de lo poco nítida que puede ser una simple palabra. Una imagen que sin duda está cargada de recuerdos (¿y dónde se habrán metido los recuerdos? ¿Por qué sitio andarán sabiendo mucho más de ella que ella misma?). Algo se le esconde, y ella a veces trata de estirar una mano mental para atrapar un recuerdo al vuelo, cosa imposible; imposible tener acceso a ese rincón de su cerebro donde se le agazapa la memoria. Por eso nada encuentra: bloqueada la memoria, enquistada en sí misma como en una defensa.

La fotografía

La foto está allí para atestiguarlo, sobre la mesita de luz. Ella y él mirándose a los ojos con aire nupcial. Ella tiene puesto un velo y tras el velo una expresión difusa. Él en cambio tiene el aspecto triunfal de los que creen que han llegado. Casi siempre él –casi siempre cuando lo tiene al alcance de la vista– adopta ese aire triunfal de los que creen que han llegado. Y de golpe se apaga, de golpe como por obra de un interruptor se apaga y el triunfo se convierte en duda o en algo mucho más opaco, difícilmente explicable, insondable. Es decir: ojos abiertos pero como con la cortina baja, ojos herméticos, fijos en ella y para nada viéndola, o quizá sólo viendo lo que ella ha perdido en alguna curva del camino. Lo que ha quedado atrás y ya no recuperará porque, en el fondo, de lo que menos ganas tiene es de recuperarlo. Pero camino hubo, le consta que camino hubo, con todas las condiciones atmosféricas del camino humano (las grandes tempestades).

Eso de estar así, en el presente absoluto, en un mundo que nace a cada instante o a lo sumo que nació pocos días antes (¿cuántos?) es como vivir entre algodones: algo mullido y cálido pero sin gusto. También sin asperezas. Ella poco puede saber de asperezas en este departamento del todo suave, levemente rosado, acompañada por Martina que habla en voz bajísima. Pero intuye que las asperezas existen sobre todo cuando él (¿Juan,

Martín, Ricardo, Hugo?) la aprieta demasiado fuerte, más un estrujón de odio que un abrazo de amor o al menos de deseo, y ella sospecha que hay algo detrás de todo eso pero la sospecha no es siquiera un pensamiento elaborado, sólo un detalle que se le cruza por la cabeza y después nada. Después el retorno a lo mullido, al dejarse estar, y de nuevo las bellas manos de Antonio o como se llame acariciándola, sus largos brazos laxos alrededor del cuerpo de ella teniéndola muy cerca pero sin oprimirla.

Los nombres

Él a veces le parece muy bello, sobre todo cuando lo tiene acostado a su vera y lo ve distendido.

–Daniel, Pedro, Ariel, Alberto, Alfonso –lo llama con suavidad mientras lo acaricia.

–Más –pide él y no se sabe si es por las caricias o por la sucesión de nombres.

Entonces ella le da más de ambos y es como si le fuera bautizando cada zona del cuerpo, hasta las más ocultas. Diego, Esteban, José María, Alejandro, Luis, Julio, y el manantial de nombres no se agota y él sonríe con una paz que no es del todo sincera. Algo está alerta detrás del dejarse estar, algo agazapado dispuesto a saltar ante el más mínimo temblor de la voz de ella al pronunciar un nombre. Pero la voz es monocorde, no delata emoción alguna, no vacila. Como si estuviera recitando una letanía: José, Francisco, Adolfo, Armando, Eduardo, y él puede dejarse deslizar en el sueño sintiendo que es todos ésos para ella, que cumple todas las funciones. Sólo que todos es igual a ninguno y ella sigue recitando nombres largo rato después de saberlo dormido, recitando nombres mientras juega con el abúlico, entristecido resto de la maravilla de él. Recitando nombres como ejercicio de la memoria y con cierto deleite.

El de los infinitos nombres, el sinnombre, duerme y ella puede dedicarse a estudiarlo hasta el hartazgo, sensación ésta que muy pronto la invade. El sinnombre parece dividir su tiempo con ella entre hacerle el amor y dormir, y es una división despareja: la mayor parte de las horas duerme. Aliviado, sí, ¿pero de qué? Hablar casi ni se hablan, muy pocas veces tienen algo que decirse: ella no puede siquiera rememorar viejos tiempos y él actúa como si ya conociera los viejos tiempos de ella o como si no le importaran, que es lo mismo.

Entonces ella se levanta con cuidado para no despertarlo –como si fuera fácil despertarlo una vez que él se ha entregado al sueño– y desnuda se pasea por el dormitorio y a veces va a la sala sin preocuparse por Martina y se queda largo rato mirando la puerta de salida, la de los múltiples cerrojos, preguntándose si Uno y Dos seguirán siempre allí, si estarán durmiendo en el umbral como perros guardianes, si serán sólo sombras y si podrán llegar a ser sombras amigas de esta mujer extraña.

Extraña es como se siente. Extranjera, distinta. ¿Distinta de quiénes, de las demás mujeres, de sí misma? Por eso corre de vuelta al dormitorio a mirarse en el gran espejo del ropero. Allí está, de cabo a rabo: unas rodillas más bien tristes, puntiagudas, en general muy pocas redondeces y esa larga, inexplicable cicatriz que le cruza la espalda y que sólo alcanza a ver en el espejo. Una cicatriz espesa, muy notable al tacto, como fresca aunque ya esté bien cerrada y no le duela. ¿Cómo habrá llegado ese costurón a esa espalda que parece haber sufrido tanto? Una espalda azotada. Y la palabra azotada, que tan lindo suena si no se la analiza, le da piel de gallina. Queda así pensando en el secreto poder de las palabras, todo para ya no, eso sí que no, basta, no volver a la obsesión de la fotografía.

No volver y vuelve, claro que vuelve, es lo único que realmente la atrae en toda esa casa pequeña y cálida y ajena. Completamente ajena con sus tonalidades pastel que no pueden haber sido elegidas por ella aunque ¿qué hubiera elegido ella? Tonos más indefinidos, seguramente, colores solapados como el color del sexo de él, casi marrón de tan oscuro.

Y dentro de esa casa por demás ajena, ese elemento personal que es lo menos suyo de todo: la foto de casamiento. Él está allí tan alerta y ella luciendo su mejor aire ausente tras el velo. Un velo sutilísimo que sólo le ilumina la cara desde fuera, marcándole la nariz (la misma que ahora contempla en el espejo, que palpa sin reconocerla para nada como si le acabara de crecer sobre la boca. Una boca algo dura hecha para una nariz menos liviana). Laura, que todos los días sean para nosotros dos iguales a este feliz día de nuestra unión. Y la firma bien legible: Roque. Y es ella en la foto, no queda duda a pesar del velo, ella la llamada Laura. Por lo tanto, él: Roque. Algo duro, granítico. Le queda bien, no le queda bien; no cuando él se hace de hierbas y la envuelve.

La planta

Tiene ya un recuerdo y eso la asombra más que nada. Un recuerdo feliz, sí, con un amargor que le va creciendo por dentro como una semilla, algo indefinible: exactamente como deberían de ser los recuerdos. Nada demasiado lejano, claro que no, ni demasiado enfático. Sólo un recuerdito para abrigarla tiernamente en las horas de insomnio.

Se trata de la planta. Esa planta que está allí en la maceta con sus hojas de nervaduras blancas; hojas bellas, hieráticas, oscuras, muy como él, muy hecha a imagen de él aunque la haya elegido Martina. También Martina es oscura y hierática y cada cosa en su lugar –una hoja a la derecha, una a la izquierda, alternativamente– y a Martina sí que la eligió él, la deben de haber fabricado a medida para él, porque de haber sido por ella tendría a su lado una mujer con vida, de esas que cantan mientras barren el piso. En cambio él eligió a Martina y Martina eligió la planta después de largo conciliábulo y la planta llegó con una flor amarilla, tiesa, muy bella, que se fue marchitando por suerte, como corresponde a una flor por más tiesa y más bella que sea.

Martina en cambio no se marchita, sólo levantó una ceja o quizá las dos en señal de asombro cuando ella la llamó y le dijo: Quiero una planta.

Ella sabía que la respuesta al quiero solía ser más o menos inmediata: quiero un cafecito, unas tostadas, una taza de té, un almohadón, y lo querido (requerido) llegaba al rato sin complicación alguna. Pero pedir una planta, al parecer, era salirse de los carriles habituales y Martina no supo cómo manejarlo. Pobre señora, para qué querrá una planta, pobre mujer enferma, pobre tonta. Y pensar que quizá podría pedir cosas más sustanciosas y menos desconcertantes, algo de valor por ejemplo, aunque vaya una a saber si de ese hombre se podía esperar algo más que exigencias. Pobre mujer encerrada, pobre idiota.

Cuando el señor llegó al día siguiente Martina le comunicó en secreto que la señora pedía una planta.

–¿Qué tipo de planta?

–No sé, sólo dijo una planta, no creo que quiera alguna en especial.

–¿Y para qué querrá una planta?

–Vaya una a saber. Para regarla, para verla crecer. Quizás extrañe el campo.

–No me gusta que extrañe nada, no le hace bien. ¿Tomó todos los medicamentos? Tampoco tiene por qué estar pensando en el campo... ¿Qué tiene que ver ella con el campo?, me pregunto. Así que tráigale no más una plantita si eso la va a hacer feliz, pero una planta para nada campestre. Algo bien ciudadano, si entiende lo que le quiero decir. Cómprela en una buena florería.

Estaban en la cocina, como tantas veces, discutiendo los pormenores del funcionamiento de la casa que aparentemente no concernían a la llamada Laura. Pero ella oyó la conversación sin querer –o quizá ya queriendo, ya tratando de indagar algo, tratando sin saberlo de entender lo que le estaba pasando.

El hecho es que cuando por fin llegó, la planta parecía artificial pero estaba viva y crecía y la flor iba muriéndose y eso también era la vida, sobre todo eso, la vida: una agonía desde el principio con algo de esplendor y bastante riqueza.

¿Cuándo habrá brillado el esplendor de ella? ¿Habrá pasado ya el momento o estará por llegar? Preguntas que suele formularse en un descuido para desecharlas de inmediato porque allí no radica el problema, el único problema real es el que aflora cuando se topa sin querer con su imagen ante el espejo y se queda largo rato frente a sí misma tratando de indagarse.

Los espejos

Se trata de una multiplicación inexplicable, multiplicación de ella misma en los espejos y multiplicación de espejos –la más desconcertante–. El último en aparecer fue el del techo, sobre la gran cama, y él la obliga a mirarlo y por ende a mirarse, boca arriba, con las piernas abiertas. Y ella se mira primero por obligación y después por gusto, y se ve allá arriba en el espejo del cielo raso, volcada sobre la cama, invertida y lejana. Se mira desde la punta de los pies donde él en este instante le está trazando un mapa de saliva, se mira y recorre –sin asumirlos del todo– sus propias piernas, su pubis, su ombligo, unos pechos que la asombran por pesados, un cuello largo y esa cara de ella que de golpe le recuerda a la planta (algo vivo y como artificial), y sin querer cierra los ojos.

Abrí los ojos, ordena él que la ha estado observando observarse allá arriba.

–Abrí los ojos y mirá bien lo que te voy a hacer porque es algo que merece ser visto.

Y con la lengua empieza a trepársele por la pierna izquierda, la va dibujando y ella allá arriba se va reconociendo, va sabiendo que esa pierna es suya porque la siente viva bajo la lengua y de golpe esa rodilla que está observando en el espejo también es suya, y más que nada la comba de la rodilla –tan sensible–, y el muslo, y sería muy suya la entrepierna si no fuera porque él hace un rodeo y se aloja en el ombligo.

–¡Seguí mirando!

y resulta doloroso el seguir mirando, y la lengua sube y él la va cubriendo, tratando eso sí de no cubrirla demasiado, dejándola verse en el espejo del techo, y ella va descubriendo el despertar de sus propios pezones, ve su boca que se abre como si no le perteneciera pero sí, le pertenece, siente esa boca, y por el cuello la lengua que la va dibujando le llega hasta la misma boca pero sólo un instante, sin gula, sólo el tiempo de reconocerla y después la lengua vuelve a bajar y un pezón vibra y es de ella, de ella, y más abajo también los nervios se estremecen y la lengua está por llegar y ella abre bien las piernas, del todo separadas y son de ella las piernas aunque respondan a un impulso que ella no ordenó pero que partió de ella, todo un estremecimiento deleitoso, tan al borde del dolor justo cuando la lengua de él alcanza el centro del placer, un estremecimiento que ella quisiera hacer durar apretando bien los párpados y entonces él grita

¡Abrí los ojos, puta!

y es como si la destrozara, como si la mordiera por dentro –y quizá la mordió– ese grito como si él le estuviera retorciendo el brazo hasta rompérselo, como si le estuviera pateando la cabeza. Abrí los ojos, cantá, decime quién te manda, quién dio la orden, y ella grita un *no* tan intenso, tan profundo que no resuena para nada en el ámbito donde se encuentran y él no alcanza a oírlo, un no que parece hacer estallar el espejo del techo, que multiplica y mutila y destroza la imagen de él, casi como un balazo aunque él no lo perciba y tanto su imagen como el espejo sigan allí, intactos, imperturbables, y ella al exhalar el aire retenido sople Roque, por primera vez el verdadero nombre de él, pero tampoco eso oye él, ajeno como está a tanto desgarramiento interno.

La ventana

De nuevo sola, su estado habitual –lo otro es un accidente, él es un accidente en su vida a pesar de que puede darle todo tipo de nombres–. Ella sola, como debe de ser, de lo más tranquila. Sentada ante la ventana con una estéril pared blanca frente a los ojos y vaya una a saber qué oculta esa pared, quizá lo oculte a él.

La ventana tiene marco de madera pintado de blanco y la pared de enfrente es también blanca con diversas chorreaduras de hollín fruto de las muchas lluvias.

Calcula que debe de ser un quinto o sexto piso, pero no puede asomarse porque a la ventana le falta el picaporte y sólo él puede abrirla, cuando está presente. Poco importa. Ella no necesita de aire fresco y asomarse le produciría un vértigo difícilmente controlable. Y de golpe lo imagina a él paseando por las calles con un picaporte ovalado de ventana en el bolsillo, picaporte como un arma para apretar en el puño y pegar la trompada.

¿Arma, calle, puño? por qué se le ocurrirán esas ideas. La noción de calle no es en realidad la que más la perturba. La noción de arma, en cambio... Un arma por la calle, una bomba de tiempo, él caminando por la calle cuando explota la bomba de tiempo que lo estaba esperando. Un estampido, y él caminando por la calle oscura y en su bolsillo el picaporte de la ventana, objeto ovalado, macizo, casi huevo de bronce y esta ventana aquí, tan desreveladora, ventana que en lugar de abrir un panorama lo limita.

Él en cambio sí sería capaz de revelarle unas cuantas verdades, pero la verdad nada tiene que ver con él, que sólo dice lo que quiere decir y lo que quiere decir nunca es lo que a ella le interesa. Posiblemente la verdad no sea importante para él. Él tiene esas cosas pero también otras: hay su manera de mirarla cuando están juntos, como queriendo absorberla, metérsela bien adentro y protegerla de ella misma. Hay ese lento ritual del desvestirla, lentamente para encontrarla en cada centímetro de piel que aflora tras cada botón que desabrocha.

Por momentos ella sospecha que podría tratarse del llamado amor. Sentimiento por demás indefinido que le va creciendo como un calor interno de poca duración y que en sublimes oportunidades se enciende en llamaradas. Nada indica sin embargo que se trate en verdad de amor, ni aun las ganas que a veces la asaltan, ganas de que él llegue de una vez y la acaricie. Es ésta su única forma de saberse viva: cuando la mano de él la acaricia o su voz la conmina: movete, puta. Decime que sos una perra, una arrastrada. Decime cómo te cogen los otros ¿así te cogen? Contame cómo. O quizá por eso, justamente, por la voz de él que le dice cosas de estar en otra parte.

Y ella, a veces, tentada de contestarle: probá, hacé entrar a los dos tipos que tenés afuera. Así al menos sabrá que existen otros hombres, otros cogibles. Pero ésta es la clase de pensamientos que prefiere callar, al menos a sabiendas, porque por otro lado está esa zona oscura de su memoria (¿memoria?) que también calla y no precisamente por propia voluntad.

El pozo negro de la memoria, quizá como una ventana a una pared blanca con ciertas chorreaduras. Él nada le va a aclarar y en última instancia ¿qué le importa a ella? Le importa tan sólo estar allí, regar su planta que parece de plástico, encremarse la cara que parece de plástico, mirar por la ventana esa pared descascarada.

Los colegas

Después está él de nuevo allí y puede haber variantes.

–Van a venir amigos míos mañana a tomar unos tragos –le dice como al descuido.

–¿Trago? –pregunta ella.

–Sí, claro. Un whisky nada más, antes de comer, no se van a quedar mucho rato, no te preocupes.

¿Whisky? está a punto de repetir pero se contiene a tiempo.

–¿Qué amigos? –se le escapa justo cuando está tratando de callarse y quizá sea mejor así para aclarar algo.

Y él se digna contestarle. Por una vez se digna alzar la cabeza, responder con paciencia a su pregunta, hacer como si ella existiera:

–Bueno, tanto como amigos no son. Tres o cuatro colegas, nada más, por un ratito, para que te distraigas un poco.

Raro, piensa la llamada Laura. Colegas, distraerme, un ratito. ¿Desde cuándo tantas consideraciones para ella? Y después él le larga lo verdaderamente asombroso:

–Mirá, te voy a comprar un vestido nuevo. Así los recibís contenta y mona.

–¿Me tengo que poner contenta con un vestido nuevo? ¿Un vestido nuevo es algo?

¡zas! el tipo de preguntas que él detesta. Para tratar de remediarlo, agrega:

–Pero me alegra que vengan tus compañeros.

–Colegas –corrige él con determinación.

–Bueno, colegas. Voy a aprender nuevos nombres, te voy a llamar de otras maneras.

–Ni se te ocurra, son todos nombres feos, no quiero escucharlos. Además, alguna vez podrías hacer el esfuerzo de llamarme por mi verdadero nombre, ¿no? Digo, para variar.

Al día siguiente él le trae el vestido nuevo que sí es bonito y evidentemente caro. Ella está mona, sonriendo para adentro, y los colegas de irrepetibles nombres llegan todos al mismo tiempo, entran con paso por así decir marcial y la llaman Laura al tenderle la mano. Ella acepta las manos tendidas, inclina la cabeza ante el nombre de Laura también como aceptándolo y él y sus colegas se sientan en los sillones y empiezan a examinarla.

Más que nada las insistentes preguntas sobre su salud le producen una extraña incomodidad que no logra entender.

–¿Se siente bien, ahora? Su esposo nos contó que había tenido problemas con la espalda, ¿ya no le duele la columna?

Y esas frases dichas al azar: es usted muy bonita, tiene una nariz perfecta...

Y esas preguntas como un interrogatorio, que empiezan ¿Usted piensa que...? y ella sabe que encierran la otra, la verdadera: ¿Usted piensa? Y ella tratando de controlarse lo mejor posible, no queriendo fallar en este primer examen aunque no sabe muy bien por qué piensa en interrogatorios y exámenes, ni por qué la idea de fallar o no fallar puede importarle. Y acepta un trago –apenitas un dedo (no tomés demasiado, no te va a hacer bien con tus remedios, le susurra él casi cariñoso)– y gira la cabeza cuando alguno la llama Laura y escucha con esmero.

–... fue aquella vez que pusieron las bombas en los cuarteles de Palermo ¿recuerda? –estaba diciendo uno y naturalmente se dirigió a ella para hacer la pregunta.

–No, no recuerdo. En verdad no recuerdo nada.

–Sí, cuando la guerrilla en el norte. ¿Usted es tucumana, no? Cómo no se va a acordar.

Y el sinnombre, con los ojos fijos en su vaso:

–Laura ni lee los diarios. Lo que ocurre fuera de estas cuatro paredes le interesa muy poco.

Ella mira a los demás sin saber si sentirse orgullosa o indignarse. Los otros a su vez la observan, pero sin darle clave alguna para orientar su conducta.

Cuando por fin los colegas se van después de mucha charla ella queda como vacía y se saca el vestido nuevo queriendo despojarse. Él la observa con el aire del que está conforme con la propia obra. De golpe ella siente ganas de vomitar, quizá por culpa de ese mínimo dedo de whisky, y él le alcanza una pastilla distinta de las que le hace tragar habitualmente.

Uno y Dos permanecen afuera, como siempre. Los oye cuchichear en el pasillo. Quizás acompañaron a los invitados hasta la planta baja y ahora están allí de vuelta, sí señor, los está oyendo y sabe que sólo se irán cuando él se vaya. Y ella quedará de nuevo sola como corresponde, hasta que él vuelva a presentarse porque la cosa es así de recurrente, un tipo dentro y dos afuera, uno dentro de ella para ser más precisa y los otros dos como si también lo estuvieran, compartiendo su cama.

El pozo

Los momentos de hacer el amor con él son los únicos que en realidad le pertenecen. Son verdaderamente suyos, de la llamada Laura, de este cuerpo que está acá –que toca– y que la configura a ella, toda ella. ¿Toda? ¿No habrá algo más, algo como estar en un pozo oscuro y sin saber de qué se trata, algo dentro de ella, negro y profundo, ajeno a sus cavidades naturales a las que él tiene fácil acceso? Un oscuro, inalcanzable fondo de ella, el aquí-lugar, el sitio de una interioridad donde está encerrado todo lo que ella sabe sin querer saberlo, sin en verdad saberlo y ella se acuna, se mece sobre la silla, y el que se va durmiendo es su pozo negro, animal aquietado. Pero el animal existe, está dentro del pozo y es a la vez el pozo, y ella no quiere azuzarlo por temor al zarpazo. Pobre negro profundo pozo suyo tan mal tratado, tan dejado de lado, abandonado. Ella pasa largas horas dada vuelta como un guante, metida dentro de su propio pozo interno, en una oscuridad de útero casi tibia, casi húmeda. Las paredes del pozo a veces resuenan y no importa lo que intentan decirle aunque de vez en cuando ella parece recibir un mensaje –un latigazo– y siente como si le estuvieran quemando la planta de los pies y de golpe recupera la superficie de sí misma, el mensaje es demasiado fuerte para poder soportarlo, mejor estar fuera de ese pozo negro tan vibrante, mejor reintegrarse a la pieza color rosa bombón que según dicen es la pieza de ella.

En la pieza puede estar él o no estar, generalmente no está y sola se repliega en sí misma; ahora les sonríe a los múltiples espejos que le devuelven algo así como un conocimiento que ella rechaza de plano.

Él reaparece entonces, y cuando está tierno el pozo se convierte en un agujerito de luz allá lejos en el fondo, y cuando está duro y aprensivo el pozo abre su boca de abismo y ella se siente tentada de saltar pero no salta porque sabe que la nada dentro de los pozos negros es peor que la nada fuera de ellos.

Fuera del pozo la nada con aquel que las apariencias señalan como su hombre. Con él y con el agujerito en que se va convirtiendo su pozo y a través del cual espía para verlo a él, reticulado. A él detrás del agujerito, tras dos finos hilos en cruz que lo centran. A través del agujerito-pozo lo ve a él como tras una mira y eso no le gusta nada. ¿Quién de los dos sostiene el rifle? Ella, aparentemente; él está cuadriculado por la mira y ella lo ve así sin entender muy bien por qué y sin querer cuestionarse. Él le sonríe del otro lado de la mira y ella sabe que va a tener que bajar una vez más la guardia. Bajar la guardia y agachar la testuz: cosas a las que se va habituando poco a poco.

El rebenque

–Mirá que bonito –le va diciendo él mientras desenvuelve el paquete. Ella lo contempla hacer con cierta indiferencia. Hasta que del paquete surge, casi inmaculado, casi inocente, un rebenque de los buenos. De cuero crudo, flamante, de lonja ancha y cabo espeso, casi un talero. Y ella que no sabe de esas cosas, que ha olvidado los caballos –si es que alguna vez los conoció de cerca– ella se pone a gritar desesperada, a aullar como si fueran a destriparla o a violarla con ese mismo cabo del talero.

Quizá después de todo ésa era no más la intención de él, traerse un reemplazante. O quizás había soñado con pegarle unos lonjazos o quizá ¿por qué no? pedirle a ella que le pegue o que lo viole con el cabo.

Los gritos de la mujer lo frenan en plena ensoñación inconfesable. Ella sollozando en un rincón como animal herido, más le vale dejar el rebenque para otro momento. Por eso recupera el papel que ha tirado al canasto, lo plancha con la palma de la mano y envuelve una vez más el rebenque. Para no oír los gritos.

–No quise perturbarte –le dice, y es como si ella no lo oyera porque son palabras tan ajenas a él–. Disculpame, fue una idea estúpida.

Él pidiendo disculpas, algo inimaginable pero así es: disculpame, calmate, ron ron, casi dice él como un gato y la idea de gato la envuelve a ella con tibieza y detiene de manera instantánea sus convulsiones. Ella piensa gato y se aleja de él. Desde el mismo rincón donde se ha refugiado parte hacia otros confines donde todo es abierto y hay cielo y hay un hombre que de verdad la quiere –sin rebenque–, es decir hay amor. Sensación de amor que le recorre la piel como una mano y de golpe ese horrible, inundante sentimiento: el amado está muerto. ¿Cómo puede saber que está muerto? ¿Cómo saber tan certeramente de su muerte si ni ha logrado darle un rostro de vida, una forma? Pero lo han matado, lo sabe, y ahora le toca a ella solita llevar adelante la misión; toda la responsabilidad en manos de ella cuando lo único que hubiera deseado era morirse junto al hombre que quería.

Una compleja estructura de recuerdos/sentimientos la atraviesa entre lágrimas, y después, nada. Después sentir que ha estado tan cerca de la revelación, de un esclarecimiento. Pero no vale la pena llegar al esclarecimiento por vías del dolor y más vale quedarse así, como flotando, no dejar que la nube se disipe. Mullida, protectora nube que debe tratar de mantener para no pegarse un porrazo cayendo de golpe en la memoria.

Solloza en sordina y él le pasa la mano por el pelo tratando de devolverla a esta zona del olvido. Le pasa la mano por el pelo y le va diciendo con voz edulcorada:

–No pienses, no te tortures, vení conmigo, así estás bien, no cierres los ojos. No pienses. No te tortures (dejame a mí torturarte, dejame ser dueño de todo tu dolor, de tus angustias, no te me escapes). Te voy a hacer feliz cada vez más feliz. Olvidate de este maldito rebenque. Ni pienses más en él ¿ves? lo vamos a tirar, lo voy a hacer desaparecer para que no te angustiés más de lo necesario.

Se dirige lentamente hacia la puerta de entrada, atraviesa el living con el rebenque (el paquete que ahora contiene el rebenque) en la mano. Saca las llaves del bolsillo –¿por qué no usará las otras que están al alcance de su mano sobre la repisa? se pregunta ella– abre la puerta y con gesto más o menos teatral arroja fuera el paquete que cae con un ruido blando, de goma. Ves, ya desapareció, le dice como a un chico. Y ella, desconfiada como un chico, sabe que no, que del otro lado de la puerta están Uno y Dos dispuestos a recibir todo lo que les sea arrojado por él, listos a echarse sobre el paquete como animales de presa.

Uno y Dos. Ella no los olvida, son presencias constantes a pesar de ser tan ajenos a ella. Ajenos como esas llaves sobre la repisa, presentes y ajenos como ha pasado a ser ahora el rebenque por el simple hecho de haberle despertado tamaña desesperación. De haber sido un detonante.

Y allí están esas cargas suyas, cargas de profundidad que explotan cuando menos se lo espera por obra de uno de esos detonantes. Explotan por simpatía como se dice, por vibrar al unísono o quizá todo lo contrario: por un choque de vibraciones encontradas.

El hecho es que la explosión se produce y ella queda así, desconectada, en medio de sus propios escombros, sacudida por culpa de la onda expansiva o de algo semejante.

La mirilla

No es una sensación nueva, no, es una sensación antigua que le viene de lejos, de antes, de las zonas anegadas. Casi un sentimiento, un saber extraño que sólo logra perturbarla: la noción de que existe un secreto. Y ¿cuál será el secreto? Algo hay que ella conoce y sin embargo tendría que revelar. Algo de ella misma muy profundo, prohibido.

Se dice: ocurre igual con todo ser humano. Y hasta esta idea la perturba.

¿Qué será lo prohibido (reprimido)? ¿Dónde terminará el miedo y empezará la necesidad de saber o viceversa? El conocimiento del secreto se paga con la muerte, ¿qué será ese algo tan oculto, esa carga de profundidad tan honda que mejor sería ni sospechar que existe?

Él a veces la ayuda negándole todo tipo de asistencia. No asistiéndola está dándole en realidad una mano para entreabrir sus compuertas interiores.

Querer saber y no querer. Querer estar y no querer estar, al mismo tiempo. Él le ha brindado más de una vez la posibilidad de verse en los espejos y ahora está por darle la nueva posibilidad bastante aterradora de verse en los ojos de los otros.

Lentamente la va desvistiendo en el living y el momento ya llega. Ella no se explica muy bien cómo lo ha sabido desde un principio –quizás el hecho inusitado de que esté desvistiéndola en el living y no en el dormitorio–. Reclinándola contra el sofá frente a la puerta de entrada, desvistiéndose también él sin decir palabra, un mudo ritual aparentemente destinado a otros ojos. Y de golpe sí, él se aleja del sofá, camina desnudo hacia la puerta, levanta la tapa de la mirilla –esa mínima tapa rectangular de bronce– y la deja trabada en alto. Así no más de simple, un acto que parece no tener justificación alguna. Pero después vacila, vacila antes de dar media vuelta y dirigirse de nuevo hacia ella, como si no quisiera darle la espalda a la mirilla sino más bien hacerle frente, apuntar con su soberbia erección.

Ella nada puede ver del otro lado de ese enrejadito que constituye la mirilla pero los presiente, los huele, casi: el ojo de Uno o el ojo de Dos pegado a la mirilla, observándolos, sabiendo lo que está por venir y relamiéndose por anticipado.

Y él ahora se va acercando lentamente, esgrimiendo su oscuro sexo, y ella se agazapa en un ángulo del sofá con las piernas recogidas y la cabeza entre las piernas como animal acorralado pero quizá no, nada de eso: no animal acorralado sino mujer esperando que algo se desate en ella, que venga pronto el hombre a su lado para ayudarla a desatar y que también ayuden esos dos que están afuera prestándole tan sólo un ojo único a toda la emoción que la sacude.

El apareamiento empieza a volverse cruel, elaborado, y se estira en el tiempo. Él parece querer partirla en dos a golpes de anca y en medio de un estertor se frena, se retira, para volver a penetrarla con saña, trabándole todo movimiento o hincándole los dientes.

Ella a veces quiere sustraerse de este maremoto que la arrasa y se esfuerza por descubrir el ojo del otro lado de la mirilla. En otros momentos ella se olvida del ojo, de todos los ojos que probablemente estén allí afuera ansiosos por verla retorcerse, pero él le grita una única palabra –perra– y ella entiende que es alrededor de ese epíteto que él quiere tejer la densa telaraña de miradas. Entonces un gemido largo se le escapa a su pesar y él duplica sus arremetidas para que el gemido de ella se transforme en aullido.

Es decir que afuera no sólo hay ojos, también hay oídos. Afuera quizá no sólo estén Uno y Dos, afuera también esos ciertos colegas. Afuera.

Para lo que les pueden servir ojos, oídos, dientes, manos, a esos que están del otro lado de la puerta y no pueden transgredir el límite. Y a causa de ese límite, delineándolo, él sigue poseyéndola con furia y sin placer. La da vueltas, la tuerce, y de golpe se detiene, se separa de ella y se pone de pie. Y empieza a caminar otra vez por el salón, fiera enjaulada, desplegando toda su vitalidad de animal insatisfecho. Rugiendo.

Ella piensa en la muchedumbre de afuera que los estará observando –observándola a ella– y por eso lo llama de vuelta a su lado, para que la cubra con su cuerpo, no para que la satisfaga. Cubrirse con el cuerpo de él como una funda. Un cuerpo –y no el propio, claro que no el propio– que le sirva de pantalla, de máscara para enfrentar a los otros. O no: una pantalla para poder esconderse de los otros, desaparecer para siempre tras o bajo otro cuerpo.

¿Y total para qué? si ya está desaparecida desde hace tanto tiempo: los otros siempre del otro lado de la puerta con sólo una mirilla exigua para acercarse a ella.

¿Comunicarse? Nada de eso, y entonces presiente sin aclarárselo demasiado, vislumbra como en una nebulosa, que a los otros –los de afuera– sólo puede transmitirles su calor por interpósita persona, a través de él que está allí sólo para servir de puente con los otros, los de afuera.

Cansado de bramar él vuelve al lado de ella y se pone a acariciarla en inesperado cambio de actitud. Ella deja que las caricias la invadan, que cumplan su cometido, que hasta el último de sus nervios responda a las caricias, que las vibraciones de esas mismas caricias galopen por su sangre y finalmente estallen.

Quedan entonces los dos cuerpos tirados sobre el sofá y la mirilla se oscurece como si le faltara la claridad de una mirada.

Al rato Martina entra sigilosamente y los cubre a los dos con una manta.

Las llaves

Más tarde él se va. Él está siempre yéndose, cuando ella lo ve de pie lo ve siempre de espaldas dirigiéndose a la puerta, y su despedida real es siempre el ruido de la llave que vuelve a clausurar la salida dejándola a ella adentro.

Ella no se deja engañar más por esas llaves, las otras, las que están sobre la repisa al lado de la puerta: sabe aun sin haberlas probado que no corresponden para nada a la cerradura, que esas llaves están colocadas allí como una trampa o más bien como un señuelo y pobre de ella el día que se anime a tocarlas. Por eso ni se les acerca, contrariando la tentación de estirar la mano y hasta de hablarles como a amigas. ¿Qué culpa tienen las pobres de estar tendiéndole una celada? Lo ha pescado más de una vez auscultándolas de reojo al entrar para asegurarse de que siguen en la posición exacta. El polvo se acumula sobre las pobres llaves, Martina sólo puede soplarlas un poco y pasarles un levísimo plumero como si estuvieran hechas de un cristal muy delicado.

También al irse él comprueba si las llaves siguen en su puesto de guardia a un pasito no más de las cerraduras a las que no corresponden, y después cierra la puerta y echa doble vuelta con las llaves de él que son las buenas y la deja a ella –la llamada Laura– libre para poder hundirse una vez más en ese pozo oscuro donde no existe el tiempo.

Las voces

Sólo existe el sonido del reloj, el tic tac sincopado del reloj, y es como una presencia. Tantas como presencias, entonces, y ninguna presencia verdadera, ninguna voz que la llame para arrancarla de ella misma.

No que la voz de él no la llame a menudo. No que la voz de él no le grite su nombre de Laura, a veces desde lejos (desde la otra pieza) o le grite ahí no más al oído cuando está encima de ella, llamándola porque sí, imponiéndole su presencia –la presencia de ella–, la obligación de estar allí y de escucharlo.

Siempre es así con él, Juan, Mario, Alberto, Pedro, Ignacio, como se llame. De nada vale cambiarle el nombre porque su voz es siempre la misma y son siempre las mismas exigencias: que ella está con él pero no demasiado. Una ella borrada es lo que él requiere, un ser maleable para armarlo a su antojo. Ella se siente de barro, dúctil bajo las caricias de él y no quisiera, no quiere para nada ser dúctil y cambiante, y sus voces internas aúllan de rabia y golpean las paredes de su cuerpo mientras él va moldeándola a su antojo.

Cada tanto le dan a ella estos accesos de rebeldía que tienen una estrecha relación con el otro sentimiento llamado miedo. Después, nada; después como si hubiese bajado la marea dejando tan sólo una playa húmeda un poquito arrasada.

Ella vaga descalza por la playa húmeda tratando de recomponerse del horror que ha sentido durante la pleamar. Tantas olas cubriéndola y no logran despejarle la cabeza. Vienen las olas y dejan una resaca estéril, salobre, sobre la que sólo puede crecer una especie indefinida de terror muy amenguado. Ella vaga por la playa húmeda y es al mismo tiempo la playa –ella a veces su propia playa, su remanso– y por lo tanto no barro sino arena húmeda que él quisiera modelar a su antojo. Toda ella arena húmeda para que él pueda ir construyendo castillos como un niño. Haciéndose ilusiones.

Él a veces emplea su voz para estos menesteres y la nombra y le va nombrando cada una de sus partes en un intento poco claro de rearmarla,

Es ésa la voz que a veces la llama sin poder penetrar su cáscara. Después viene la sonrisa: la sonrisa de él algo forzada. Sólo cuando ríe –en las raras, muy contadas ocasiones en que ríe– algo parece despertarse en ella y no es algo bueno, es un desgarramiento muy profundo por demás alejado de la risa.

Es decir que poco aliciente hay para llamarla a la superficie de ella misma y arrancarla de su pozo oscuro. En todo caso nada que venga de fuera del departamento aunque en este instante sí, un timbre insistente la trae de golpe al aquí y ahora. Algo inusitado ese timbre que no cesa, alguien que desesperadamente quiere hacerse oír y entonces él se dirige cauteloso a la puerta para ver qué pasa, y ella puro nervio, toda alerta, oye las voces de los otros sin tratar de comprenderlas.

–Coronel, perdón, señor. Mi coronel. Hay levantamiento. No teníamos otra manera de avisarle. Se sublevaron. Avanzan con tanques hacia su cuartel. Parece que el Regimiento III de Infantería está con ellos. Y la Marina. Se levantaron en armas. Coronel. Perdón, señor. No sabíamos cómo avisarle.

Él se viste a las apuradas, se va sin despedirse de ella como tantas otras veces. Más precipitado, eso sí, y tal vez olvidando echar llave a la puerta. Pero sólo eso. A ella no le preocupan otros detalles.

Ni las voces escuchadas que siguen vibrando como un sonido inesperado, anhelante, que ella no trata de interpretar. ¿Interpretar? ¿Para qué? ¿Para qué tratar de entender lo que está tan lejos de su magra capacidad de comprensión?

El secreto (los secretos)

Ella sospecha –sin querer formulárselo demasiado– que algo está por saberse y no debería saberse. Hace tiempo que teme la existencia de esos secretos tan profundamente arraigados que ya ni le pertenecen de puro inaccesibles.

A veces quisiera meter la mano en sus secretos y hurgar un poquito, pero no, nada de eso, más vale dejarlos como están: en un agua estancada de profundidad insondable.

Y entonces le da por volverse veraz en materia de alimentos y a cada rato le pide a Martina un café con leche, unas galletitas, frutas, y Martina seguramente se dice: pobre mujer, va a perder su forma, engulle y engulle y no se mueve o se mueve tan poco. Y el señor que no vuelve.

Ni Martina ni ella mencionan sin embargo la ausencia del señor que se está haciendo por demás prolongada. Ella no quiere –o no puede–

recordar las voces que oyó cuando vinieron a buscarlo. Martina, que había ido al almacén, nunca se enteró de nada.

Martina solía aprovechar los ratos que el señor estaba en casa para ir a comprar provisiones y ahora no sabe si dejar a la pobre loca sola o esperar un día más o irse para siempre. El señor le ha dejado dinero suficiente como para que se sienta libre, y quizás ahora él esté aburrido de este juego y a ella le corresponda retirarse a tiempo y olvidarse de todo.

Problemas éstos de Martina, no de la llamada Laura que ya ni del dormitorio sale, que se queda tirada sobre la cama rumiando a lo largo del día una que otra sensación difusa.

Coronel, se repite a veces, y la palabra sólo le evoca una punzante sensación en la boca del estómago.

Mucho más tarde, casi una semana más tarde, él vuelve por fin y la arranca de un sueño en el que caminaba sobre las aguas del secreto sin mojarse.

–Despertate –le dice sacudiéndola–. Tengo que hablarte. Es hora de que sepas.

–¿Que sepa qué?

–No te hagas la tonta. Algo escuchaste, el otro día.

–Por lo que me importa...

–Está bien, no tiene por qué importarte, pero igual quiero que sepas. Si no, todo va a quedar a mitad de camino.

–¿A mitad de camino?

–A mitad de camino.

–No quiero saber nada, dejame.

–¿Cómo, dejame? ¿Cómo no quiero saber? ¿Desde cuándo la señora decide en esta casa?

–No quiero.

–Pues lo vas a saber todo. Mucho más de lo que me proponía contarte en un principio. ¿Qué es eso de no querer? No voy a tener secretos para vos, te guste o no te guste. Y me temo que no te va a gustar en absoluto.

Ella quisiera taparse los oídos con las manos, taparse los ojos, ponerse los brazos alrededor de la cabeza y estrujarla. Pero él abre el maletín que ha traído consigo y saca un bolso que a ella le llama la atención.

–¿Te acordás de esta cartera?

Ella sacude con vehemencia la cabeza negando pero sus ojos están diciendo otra cosa. Sus ojos se ponen alertas, vivos después de tanto tiempo de permanecer apagados.

–Fijate lo que hay adentro. Puede que te despabile un poco.

Ella mete la mano dentro del bolso pero casi de inmediato la retira como si hubiera tocado la viscosa piel de un escuerzo.

–Sí –la alienta él–. Meté la mano, sacalo sin asco.

No, grita de nuevo la cabeza de ella. No, no, no. Y con desesperación se sacude hasta darse de golpes contra la pared. Queriendo darse de golpes contra la pared.

Él sabe qué hacer en estas circunstancias. Le da una bofetada y le grita una orden:

–¡Sacalo, te digo!

Y después, más manso:

–No muerde, no pica ni nada. Es un objeto sin vida. Sólo puede darle vida uno, si quiere. Y vos ya no querés ¿no es cierto que no querés?

–No quiero, no quiero –gime ella.

Y para que todo no empiece de nuevo (la cabeza contra la pared y la bofetada) él mete su propia mano dentro del bolso de mujer y extrae el objeto. Se lo presenta en la palma, inofensivo.

–Tomá. Deberías conocer este revólver.

Ella lo mira largo rato y él se lo está tendiendo hasta que por fin ella lo toma y empieza a examinarlo sin saber muy bien de qué se trata.

–Cuidado, está cargado. Yo nunca ando con armas descargadas. Aunque sean ajenas.

Ella levanta la vista, lo mira a él ya casi entendiendo, casi al borde de lo que muy bien podría ser su propio precipicio.

–No te preocupés, linda. Vos sabés y yo sé. Y es como si estuviéramos a mano.

No, no, empieza ella de nuevo sacudiendo la cabeza. No en este plano de igualdad, no con este revólver.

–Sí –le grita él, aúlla casi–. Nada puede ser perfecto si te quedás así del otro lado de las cosas, si te negás a saber. Yo te salvé ¿sabés? parecería todo lo contrario pero yo te salvé la vida porque hubieran acabado con vos como acabaron con tu amiguito, tu cómplice. Así que escuchame, a ver si salís un poco de tu lindo sueño.

La revelación

Y la voz de él empieza a machacar, y machaca, lo hice para salvarte, perra, todo lo que te hice lo hice para salvarte y vos tenés que saber así se completa el círculo y culmina mi obra, y ella tan como un ovillo, apretada ahí contra la pared descubriendo una gotita de pintura que ha quedado coagulada, y él insistiendo fui yo, yo solo, ni los dejé que te tocaran, yo solo, ahí con vos, lastimándote, deshaciéndote, maltratándote para quebrarte como se quiebra un caballo, para romperte la voluntad, transformarte, y ella que ahora pasa suavemente la yema de los dedos por la gotita, como si nada, como si en otra cosa, y él insistiendo eras mía, toda mía porque habías intentado matarme, me habías apuntado con este mismo revólver, ¿te acordás? tenés que acordarte, y ella que piensa gotita amiga, cariñosa al tacto, mientras él habla y dice podía haberte cortado en pedacitos, apenas te rompí la nariz cuando pude haberte roto todos los huesos, uno por uno, tus huesos míos, todos, cualquier cosa, y el dedo de ella y la gotita se vuelven una unidad, una misma sensación de agrado, y él insistiendo, eras una mierda, una bazofia, peor que una puta, te agarraron cuando me estabas apuntando, buscabas el mejor ángulo, y ella se alza de hombros pero no por él o por lo que le está diciendo sino por esa gotita de pintura que se niega a responderle o a modificarse, y él embalado, vos no me conocías pero igual querías matarme, tenías órdenes de matarme y me odiabas aunque no me conocías ¿me odiabas? mejor, ya te iba a obligar yo a quererme, a depender de mí como una recién nacida, yo también tengo mis armas, y ahí con ella la gotita reseca de ternura y más allá la pared lisa, impenetrable, y él tan sin inmutarse, repitiendo: yo también tengo mis armas.

El desenlace

–Estoy muy cansada, no me cuentes más historias, no hablés tanto. Nunca hablás tanto. Vení, vamos a dormir. Acostate conmigo.

–Estás loca ¿no me oíste, acaso? Basta de macanas. Se acabó nuestro jueguito ¿entendés? Se acabó para mí, lo que quiere decir que también se acabó para vos. Telón. Entendelo de una vez por todas, porque yo me las pico.

–¿Te vas a ir?

–Claro ¿o pretendés que me quede? Ya no tenemos nada más que decirnos. Esto se acabó. Pero gracias de todos modos, fuiste un buen cobayo, hasta fue agradable. Así que ahora tranquilita, para que todo termine bien.

–Pero quedate conmigo. Vení, acostate.

–¿No te das cuenta de que esto ya no puede seguir? Basta, reaccioná. Se terminó la farra. Mañana a la mañana te van a abrir la puerta y vos vas a poder salir, quedarte, contarlo todo, hacer lo que se te antoje. Total, yo ya voy a estar bien lejos...

–No, no me dejés. ¿No vas a volver? Quedate.

Él se alza de hombros y, como tantas otras veces, gira sobre sus talones y se encamina a la puerta de salida. Ella ve esa espalda que se aleja y es como si por dentro se le disipara un poco la niebla. Empieza a entender algunas cosas, entiende sobre todo la función de este instrumento negro que él llama revólver.

Entonces lo levanta y apunta.

Impreso por **RDG Red De Gráfica Internacional S.A.**
Argentina - Chile - Brasil - España - México - China
e-mail: Reddegrafica@aol.com